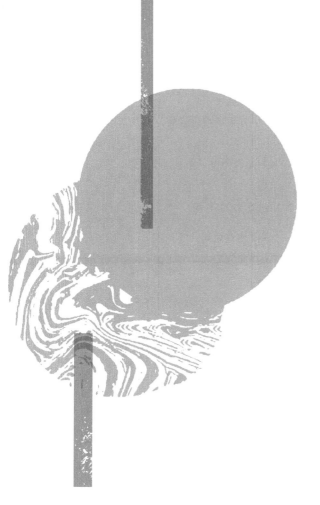

左亚男　著

刘庆邦小说创作论

LIUQINGBANG XIAOSHUO CHUANGZUOLUN

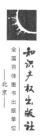

知识产权出版社

全国百佳图书出版单位

——北京——

图书在版编目（CIP）数据

刘庆邦小说创作论 / 左亚男著 . —北京：知识产权出版社，2020. 9
ISBN 978-7-5130-7063-8

Ⅰ. ①刘…　Ⅱ. ①左…　Ⅲ. ①刘庆邦—小说创作—文学创作研究
Ⅳ. ①I207. 42

中国版本图书馆 CIP 数据核字（2020）第 129901 号

责任编辑：刘　江　　　　　　　　责任校对：谷　洋
文字编辑：李　硕　　　　　　　　责任印制：刘译文

刘庆邦小说创作论

左亚男　著

出版发行：知识产权出版社 有限责任公司	网　　址：http：//www. ipph. cn
社　　址：北京市海淀区气象路 50 号院	邮　　编：100081
责编电话：010-82000860 转 8344	责编邮箱：liujiang@ cnipr. com
发行电话：010-82000860 转 8101/8102	发行传真：010-82000893/82005070/82000270
印　　刷：北京建宏印刷有限公司	经　　销：各大网上书店、新华书店及相关专业书店
开　　本：880mm×1230mm　1/32	印　　张：7
版　　次：2020 年 9 月第 1 版	印　　次：2020 年 9 月第 1 次印刷
字　　数：162 千字	定　　价：48. 00 元
ISBN 978-7-5130-7063-8	

　　本书受 2019 年度辽宁省社会科学规划基金项目"刘庆邦小说'现实中国'叙事研究"资助，项目编号：L19BZW004。

序

程义伟[*]

左亚男的《刘庆邦小说创作论》一直沉浸于作家刘庆邦的小说创作中，所以我也得以和刘庆邦的写作状态相逢。所谓相逢，便是请教、对话、学习、提升。在相逢中，我觉得左亚男给我开了一扇窗，让我更加了解刘庆邦的文学创作道路。

刘庆邦，一个来自河南农村，做过农民，当过矿工，品过苦难的年轻人，开始伸出了触角，轻轻探入了文学圈子。一个放弃高大上标杆式形象的崭新文坛，伸出双臂欢迎着这个质朴的年轻人，而这个年轻人也一直保持着质朴的风格，把质朴的根深深地扎进生活的土壤中，夯实着文学的生活之基。

刘庆邦说自己的小说风格有两条路子：柔美小说与酷烈小说。他说："柔美小说是理想的，酷烈小说是现实的；柔美小说是出世的，酷烈小说是入世的；柔美小说是抒情的，酷烈小说是批判的；酷烈小说如同狠狠抽了人一鞭子，柔美小说马上过来抚慰一下。我就这样处于矛盾之中，一直是自己跟自己干仗。"❶ 刘庆邦的笔下，不歌颂反思，却把反思融进了骨血里。他展现和仰视小人物的生活，他不写符号式的人物，不被历史的洪流所裹挟。他的小人物是活生生的，是兰因絮果的，是困

＊ 程义伟，辽宁社会科学院文学所原所长，辽宁社会科学院美术研究中心主任。

❶ 刘庆邦，赛妮亚，梁祝. 刘庆邦访谈录（代跋）[M] //民间. 乌鲁木齐：新疆人民出版社，2002：357.

难重重中人性的呐喊，是对群体恶的撕裂和对生命的敬畏。没有符号，意味着不追求绝对正确，他的指引在哪里？"作家还是要讲良心，我觉得劳动人民是一个巨大存在，不把他们的疾苦反映出来心里很有愧。关心民间疾苦，应该是作家的良知所在。"❶ 人民的疾苦，是作家对于生命和生命质量的持久关注，这既是刘庆邦的情感依归，也是他的理性探索。

为劳动人民代言，刘庆邦的写作是柔软的、温情的。他在故乡的土地和那片土地所孕育的博大精深的人文历史的熏陶下，携着一颗悲悯之心讲述小人物的喜怒哀乐。他也有远方，他也追求星辰与大海般的诗意情怀，可他的笔触却在星辰与大海之外，始终聚焦于故乡。他的柔软温情遭遇着基层腐败的捶打，在单调枯燥又贫瘠的生活中追问生命的正义。他一方面是对故乡的无限深情与诗意眷念，另一方面是对黄胶泥般的乡村社会文化土壤的厌恶唾弃。这时候，刘庆邦是坚定而深刻的。他像鲁迅一样不做看客，要打破那冷漠的窗，为劳苦大众建立一个新世界。

豫东乡村社会是刘庆邦小说发生的主场。他追踪历史风云变幻中豫东农民和豫中矿井工人普通而真实的生活，他记录着小人物一生可能遭到的种种磨难和考验，他关注着现代化过程中普通人的希望与忧伤，他思考着制度机器对普通人性情的影响，他从关注小人物个体推及对草根阶层整体生命状态的悲悯。他探索人性，他关切精神的焦虑，他敬畏灵魂的强悍。在持续的底层关注中，作家的灵魂在故乡找到了精神家园。无论历史风云怎样变幻，无论现代化洪流怎样裹挟乡村社会，人性始终

---

❶ 刘庆邦，夏榆. 得地独厚的刘庆邦 [J]. 作家，2000（11）：76.

在流淌，正义永远在民间。他看到了小人物身上纯朴正直、自然健康的特性历经历史的动荡而不衰，这是最不悖乎人性的品质，是最稳定的，也是最合乎生命的道义的。左亚男正是敏锐地发现了刘庆邦从"对现实的深沉表达"转向了"以生命为名的现实主义写作"。因此，《刘庆邦小说创作论》会启发一些感受、一些发现、一些其他人未悟的精神内涵。

左亚男在本书中完成了对刘庆邦及其写作的生命现实主义的解读。我想，这也是左亚男对刘庆邦创作道路的一次建构和阐释。从这个意义上说，左亚男对刘庆邦小说创作的阐释和重释，也许只是一个过程，它的终点和目标将是当代文学史的一个补充。

前　言

　　刘庆邦在 20 世纪 70 年代后期走上文坛，继而以写作内容、手法及思想上的鲜明个性逐渐赢得文坛的广泛关注。在小说创作的四十余年间，刘庆邦从不迎合文坛的喧嚣，始终以自己独特的写作方式、坚定的叙事立场、充满活力的写作姿态致力于自身文学世界的营造，并以一系列杰出的作品成为中国当代文学中独具韵味的重要景观。综观刘庆邦小说创作的研究，我们不难发现，当下评论界对刘庆邦小说创作进行了广泛研究，积累了丰富的素材，但是研究中也客观存在一些局限：第一，对其个别作品价值的肯定远超对其小说创作整体价值的肯定；第二，对其小说的研究更偏重外部研究而非内部研究。本书基于当代作家刘庆邦小说创作研究中阐释过度与阐释不足并存的现状，全面梳理和分析刘庆邦的小说创作，从以生命为名的现实写作的角度去观察、发现、阐释刘庆邦的小说世界。本书尝试以发生学、主题学、叙事学、文化学、后现代文化等西方文论为理论基础，对刘庆邦的小说创作进行全方位的艺术考察，并对其小说的文本价值进行深度挖掘，揭示刘庆邦小说创作的艺术价值及时代意义，发现刘庆邦作为"以生命为名现实主义写作"的"独一个"作家的独特呈现与风格所在。

　　本书以文本细读为基础，从写作的发生、主题的选择、人物的塑造、艺术的表达等四个方面系统地解读刘庆邦小说的创作。绪论部分从刘庆邦的小说创作，国内外对刘庆邦小说创作的研究现状，本书的研究思路、方法及主要的创新点等三个方面建构本书的论述依据。第一章"文学的使命：执着于乡土的写作面向"通过梳理刘庆邦的创作历程，发现其连绵不断的创作力。刘庆邦的文学表达广阔而深刻，其小说的主题也恒久而坚持。第二章"生命的忧思：本土经验的具象书写"则分析刘庆邦以对生命忧思中死亡、人性、乡土等种种具象的书写来表达自身对生活的"倾向性的介入"。这是他小说创作时的坚守，也是他以酷烈和柔美重构世界过程中的不变之维。刘庆邦笔下丰富多彩的人物构成其小说创作中表达情怀的载体。经由生命的风景，刘庆邦把由人物形成的具象感渗透到角色内部、叙述内部乃至意义内部。第三章"生命的风景：承载生命情怀的人生'浮世绘'"阐释刘庆邦以对人生众相的描摹，表达其独特的认知及深沉的责任。第四章"生命的诗学：刘庆邦小说的艺术特征"则是对刘庆邦小说创作艺术特征的深入发现及细致剖析。

"以生命为名的现实主义写作"是刘庆邦以小说创作激发和唤醒他人内在生命的一种方式，是刘庆邦以深层认知传达的美学理念、建构的小说世界、呈现的生命样态。在中国当代文学中，刘庆邦的小说创作不是最耀眼的，也不是最强劲的，但他一定是最持久的创作者之一。因而，本书以对刘庆邦小说创作由内而外的全面梳理，实现从以生命为名的现实写作的角度对刘庆邦小说创作的重新发现。这也是一名虔诚的读者，对自己尊崇的作者的诚挚致敬。

目　录

绪　　论

一、刘庆邦的小说创作

在当前文学式微的时代，仍有相当一部分的中国当代作家以持久的写作状态及坚定的叙事立场建构并铸就中国当代文学的精神脊梁，刘庆邦就是其中重要的作家之一。刘庆邦在 20 世纪 70 年代后期初登文坛，继而以写作内容、手法及思想上的鲜明个性逐渐赢得普遍关注，并形成极富标志性的刘氏写作风格，即现实姿态的写作立场、对底层的关注、对存在的感悟，以及在追寻传统和文化守成中对知识分子使命的坚守……从事创作四十余年来，刘庆邦从未迎合过文坛的喧嚣，他始终以独特的写作方式、坚定的叙事立场、充满活力的写作姿态致力于自身文学世界的营造，并以一系列杰出的作品成为当代文学中一道独具韵味的重要景观。

刘庆邦一直执着于向心的写作，讲述着"乡土"及"矿井"的故事。他以对存在及人性的专注，在柔美与酷烈的两极间建构独属自身的世界，并以审美的理念及诗意的建构表达出内心深处对价值及理想的诉求。在众声喧嚣的当代文坛中，刘庆邦始终是独特的。因而，我们可以说，在中国当代文学中，刘庆邦是"独一个"的，他以生命为名的现实写作也是"独一个"的。

在四十余年的创作历程中，刘庆邦笔耕不辍，他在小说、散文、报告文学等文体中均有所斩获，尤其是他的小说创作获得评论界与大众的双重认可。在刘庆邦的小说作品中，我们也能够清晰地看到他在创作中的不断发力、自我生成与突破性成长。

1978 年，刘庆邦在《郑州文艺》发表处女作《棉纱白生生》（1978 年第 2 期）。我们将此认定为刘庆邦小说创作生涯的开端。此后，刘庆邦陆续在《奔流》发表《看看谁家有福》（1980 年第 3 期），在《莽原》发表《在深处》（1981 年第 3 期），在《北京文学》发表《对象》（1982 年第 12 期）等十余篇小说。在此阶段，刘庆邦主要以回忆的笔触，对自己曾经的生活、过往的青春进行回顾，并以社会的变迁为背景对人的精神世界进行初步的探寻。在早期这些风格尚未成熟的小说中，我们能够看到刘庆邦已经开始对苦难生活、悲剧命运的关注，但他更侧重表达的则是在特殊的岁月中个体生命对人生悲苦的应对及抗争，以及卑微个体在强大社会力量面前的飘零及无奈。因亲历者的局限，刘庆邦早期的小说创作尚未对作品的精神世界进行深度的挖掘及关注。这个阶段的刘庆邦仍在积累、沉淀。

1985 年，刘庆邦发表成名作短篇小说《走窑汉》（《北京文学》1985 年第 9 期）。从这部作品开始，大众和评论家开始持续关注刘庆邦这位不动声色却勤勉而坚持的小说作者；同时，刘庆邦的小说创作也开始逐渐形成自己独特的风格。在这个阶段，刘庆邦依然描摹着人生的苦难及现实的沉重，并以主体性的回溯，尝试在时代背景及社会元素之外寻找引发一切的根源。依循着故事的发生，刘庆邦以对人类精神世界及生命情境形而上的思考，发现了人生中真切存在的各种力量。此阶段，刘庆邦小说中常出现复仇、情爱、死亡等社会性主题，他以一种酷烈的文风创作出《走窑汉》《玉字》《煎心》《家属房》等对人类的灵魂进行拷问的作品。从此，刘庆邦的写作态度更加真挚，而他的思考也逐渐深沉而凝重。

从 20 世纪 90 年代中期至今，刘庆邦的小说创作进入成熟期。在这个阶段，刘庆邦小说在多维度伸展出多样化的风格。尤其是"柔美小说"的大量出现可以被视为刘庆邦小说创作中重要的阶段性标志。首先，刘庆邦以"向心写作"的方式创作出大量的"柔美小说"。这类小说成为广大读者灵魂得以"净化、超越和提升"❶ 的归处。其次，"柔美"与"酷烈"两种创作风格的并置标志着刘庆邦小说创作真正意义上的成熟。随着写作模式、风格的日趋成熟，刘庆邦以小说创作塑成了"柔美"与"酷烈"两种风格并置的两极世界。刘庆邦一直对两极世界中的写作有着清晰的体认，他说过："我写小说基本上是两条路子，简单归纳起来，就是柔美小说和酷烈小说"。❷ 因而，在小说《野烧》《夜色》《遍地白花》《红围巾》等作品中，我们可以在自然的存在、人的纯粹、乡土的味道中体会刘庆邦的柔美；与此同时，我们还因《平地风雷》《在牲口屋》《神木》等作品震撼于刘庆邦笔下人性的狠虐、复仇的暴虐、灵魂的撕裂等种种酷烈。小说作品的成熟让刘庆邦获得大量的赞誉：短篇小说《鞋》荣获第二届鲁迅文学奖、中篇小说《神木》荣获第二届老舍文学奖、长篇小说《黑白男女》荣获首届"吴承恩长篇小说奖"……不仅如此，此阶段刘庆邦的小说还因对现实的深刻认知得以将影响拓展至文学以外的区域，比如小说《神木》获

---

❶ 刘庆邦 . 刘庆邦中短篇小说精选［M］. 石家庄：花山文艺出版社，2002：序.

❷ 刘庆邦，赛妮亚，梁祝 . 刘庆邦访谈录（代跋）［M］//民间 . 乌鲁木齐：新疆人民出版社，2002：357.

得电影创作的青睐：根据它改编的电影《盲井》在国际三大电影节之一的柏林电影艺术节上荣获银奖。可以这样说，在创作成熟阶段，刘庆邦小说的内容深厚而形式娴熟，体现了他长久以来的积累、收获和体悟，更预示了他在小说创作上不可局限的未来。

回望刘庆邦的创作历程，梳理其文学活动的轨迹，我们会发现，刘庆邦正是以其不断成长、变化、成熟的文学实践创造出专属自身的小说美学，进而衍生成为独具特色而厚实丰润的文学世界。

林斤澜曾戏称刘庆邦是当代文坛中的一个"珍稀动物"。❶这种"珍稀"主要源于刘庆邦从始至终的坚守与自持。的确，自文学喧嚣的时代登入文坛以来，在众多文学思潮及流派的涌动中，刘庆邦始终保持着超脱甚至逃离的姿态，以自持及清醒的态度进行着持续地写作和稳健地提升。因而，我们尚未也不能急于对刘庆邦的文学史地位进行定义。但我们至少能够对刘庆邦的创作历程进行回溯，对他小说世界中的精神追求及价值理想有所发现。

刘庆邦进行小说创作时一直坚持着对纯粹文学精神的追求。在谈及小说创作动力时，刘庆邦说过"流行和挣稿费从来没有成为我写小说的主要动力，相反，寂寞和挣钱少成为我写小说的反动力"。❷这种纯粹是刘庆邦一以贯之的气度和风骨。在乡土和矿井的两极世界中，刘庆邦展现了繁复多重的民间生活，

---

❶ 刘庆邦，赛妮亚，梁祝．刘庆邦访谈录（代跋）［M］//民间．乌鲁木齐：新疆人民出版社，2002：358.

❷ 刘庆邦．短篇小说之美［M］．北京：国际文化出版公司，2004：103.

还原了底层民众真切而琐细的生活本原，以细腻的心理呈现表达底层众生的苦难、抗争、坚韧甚至暴虐，将人性的善恶与人间的是非放置于民间的伦常与岁月的悠久中去评判……那么，我们可以看出，刘庆邦以对民间全景式的浅吟低唱传达出对传统文化守成的追忆与自省。这些正沉淀成为刘庆邦小说独特的味道，有时旷达而宁静；有时朴拙却又分外超脱。可以这样说，刘庆邦以持续写作的热情创作出数量众多和极具影响力的作品，不仅为自己营造了一个专有的文学世界，也为当下的时代保存了一份理想的认知和价值的追忆。简言之，刘庆邦以对现实的关怀，表达了对理想的期盼。

刘庆邦小说因对现实的沉实表达而极具精神价值和文学意义。刘庆邦以在场的方式，对时代的变迁、现实的存在进行溯源、例证以及回应。这也正印证了他作为一名真正意义上的知识分子的社会责任与历史使命。通过小说写作，刘庆邦以高度的社会责任感及毫不流俗的独立精神证明了中国千百年来文化传统中形成的知识分子崇高人格的存在。刘庆邦的小说创作由现实而来：乡土及矿井的两极世界是他小说创作的源头，而时代的发展又深刻影响着他小说的深度及广度。与此同时，刘庆邦的小说又以深刻的洞悉回馈给现实启迪性的力量。在小说中，刘庆邦不仅以平实和朴拙来把握现实存在及人生背后的本真；更以沉潜的写作反映了他对世界由浅入深、由表及里、由现象到本质的思考过程。那么，经由小说的建构，刘庆邦形成的不仅是对个体生命及现实存在困境的系统性认知，更是以对特定精神力量的向往表达出对传统精神及文化守成的眷恋。这是刘庆邦用小说创作超越存在困境的可行性尝试，极具现实启发性意义。

二、刘庆邦小说创作研究综述

　　评论界对刘庆邦小说创作的研究始于20世纪80年代。程德培在1989年10月26日《文化读书周报》上发表了《这"活儿"给他做绝了》和王安忆在1989年第2期《文学角》上发表了《什么是故事》。之后，不同的评论家和研究学者相继对刘庆邦的小说进行分析和阐释，如何志云的《强悍而悸动不宁的灵魂——读刘庆邦的小说创作》（《当代作家评论》1990年第5期）、张颐武的《话语 记忆 叙事——读刘庆邦的小说》（《当代作家评论》1990年第5期）、高海涛的《浩烈情 迷茫劫——刘庆邦的文化精神》（《当代作家评论》1990年第5期），等等。这个阶段对刘庆邦小说研究的进展相对缓慢，但这些最初的研究成果为之后刘庆邦小说创作的系统研究提供了学理上的铺垫和准备。1992年，雷达发表的《季风与地火——刘庆邦小说面面观》（《文学评论》1992年第6期）一文引发了刘庆邦小说研究的第一次热潮。到了世纪之交，刘庆邦持续发力，以《鞋》《神木》等一系列优秀的小说作品获得评论界的广泛关注。林斤澜的《吹响自己的唢呐》（《北京文学》2001年第7期）、陈思和的《在柔美与酷烈之外——刘庆邦短篇小说艺术谈》（《上海文学》2003年第12期）、夏榆的《一个人的记忆就是一个人的力量》（《长篇小说选刊》2004年第1期）等均是从不同角度对刘庆邦及其小说创作进行的深入而独到的分析。2006年，北乔撰写的《刘庆邦的女儿国》（社会科学文献出版社）出版标志着对刘庆邦小说系统性、专题性研究的开始。2015 年，杜昆编著的《刘庆邦研究》（河南大学出版社）是对刘庆邦研究资料的首次汇编。

从不同视角对刘庆邦作品进行的分析和研究，主要包括以下几个方面。

其一是对刘庆邦小说创作渊源的研究。我们知道，在以文字联结现实的叙述逻辑中，我们能够发现对现实、存在、社会及历史的种种思考……这是作者从必然王国奔向自由王国争斗的一种形式，是作家以自为存在形式对特定客观的重构性模仿，也是作家独特声音的个性化表达。因而，成长经历就成为研究刘庆邦小说创作中的一个重要方面。这类研究包括夏榆论述童年经验对刘庆邦小说创作影响的《一个人的记忆就是一个人的力量》（《长篇小说选刊》2004 年第 1 期）等；孙荪从地域文化角度切入刘庆邦小说创作的《文学豫军论》（《河南大学学报》2002 年第 4 期）等；陈英群从传统文化意蕴方面分析刘庆邦小说的《论刘庆邦小说中的民俗系列》（《文艺理论与批评》2009 年第 3 期），陈英群认为民俗色彩是一种鲜明的个性印记，而刘庆邦则以民俗书写使自己的小说创作呈现出不同凡响的艺术魅力。

其二是对刘庆邦小说创作题材的研究。纵观刘庆邦四十余年的创作生涯，我们不得不承认他在小说创作中一直保有着某些执着、固执。乡土与矿井是刘庆邦永不能舍弃的写作使命，因而，评论家也不约而同地对这两方面进行了大量的论述。从乡土角度论述刘庆邦小说创作的有吕政轩的《民间世界的诗意抒写——刘庆邦乡村系列小说阅读笔记》（《小说评论》2005 年第 3 期)、孙拥军的《坚守与执著：刘庆邦小说创作的乡土取向》(《文艺理论与批评》2012 年第 6 期)、王海涛的《当代乡土文明的批判力作——评刘庆邦长篇新作〈黄泥地〉》(《文艺理论与批评》2015 年第 1 期) 等；从矿井角度论述刘庆邦小说创作的有罗强烈的《〈走窑汉〉〈汉爷〉：刘庆邦的方式》(《文艺争鸣》1992 年第 6 期)、刘晓南的《地火深处的泪光——刘庆邦近作评析》(《文艺理论与批评》2005 年第 3 期)、史修永的《刘庆邦的煤矿小说及其批评范式的发展》(《齐鲁学刊》2015 年第 4 期) 等。刘庆邦一直偏爱女性题材的创作，因而也产生了大量相关的研究，如郭怀玉的《论刘庆邦笔下的 "失贞" 女性》(《当代文坛》2007 年第 4 期)、葛美英的《论刘庆邦小说中的乡土少女形象》(《创作与评论》2013 年第 14 期)、杜昆的《论刘庆邦 "保姆在北京" 系列小说的价值与局限》(《小说评论》2016 年第 4 期) 等。

其三是对刘庆邦短篇小说创作的研究。刘庆邦的短篇小说是其小说创作中最浓墨重彩的组成，因而评论家对其短篇小说创作进行了一系列的研究，如陈思和的《在柔美与酷烈之外——刘庆邦短篇小说艺术谈》(《上海文学》2003 年第 12 期)、柯贵文的《论刘庆邦的短篇小说理论与创作》(《理论与创作》2005 年第 4 期)、张学昕的《残酷的诗意——刘庆邦短篇小说论》(《山花》2009 年第 7 期)、任动的《刘庆邦乡土短篇小说论》(《文艺理论与批评》2010 年第 2 期)、张学昕的《 "残酷美学"：小说家的道德考量——刘庆邦的短篇小说》(《长城》2018 年第 3 期) 等。

其四是对刘庆邦小说创作艺术特色的研究。在这方面，评论家对刘庆邦小说创作的研究涉及小说的叙事、风格、语言等

方面，如徐德明的《"乡下人进城"叙事与"城乡意识形态"》
（《文艺争鸣》2007 年第 6 期）、孙郁的《刘庆邦：在温情与冷
意之间》（《北京观察》2004 年第 5 期）、王彬彬的《〈遍地月
光〉与长篇小说的语言问题》（《文学评论》2012 年第 3
期）等。

其五是对刘庆邦小说创作的对比研究。在这方面的研究中，
有因对乡土的眷恋而将刘庆邦与沈从文进行的对比，如余志平
的《从小说结构看沈从文对刘庆邦小说的影响》（《当代文坛》
2007 年第 3 期）；有因对人性的温情表达而将刘庆邦与迟子建等
人进行的对比，如李万武的《对人性动把恻隐心——读刘庆邦、
孙春平、迟子建的"证美"小说》（《文艺理论与批评》2001 年
第 1 期）；有因对底层的关注而进行的对比，如易东生的《无限
丰富的底层——从刘庆邦和曹征路的小说看底层文学的多样性》
（《前沿》2011 年第 4 期）；等等。

综上，评论家采取不同的方法研读刘庆邦的小说创作，并
取得较为丰硕的成果，为进一步研究刘庆邦的小说创作提供重
要的参考。同时，我们也不难发现，当下评论界在对刘庆邦小
说创作的研究中存在几个普遍的现象：第一，对其个别作品价
值的肯定远超对其小说创作整体价值的肯定；第二，在对其小
说的研究中更偏重外部研究而非内部研究。本书即基于刘庆邦
小说创作研究中阐释过度与阐释不足并存的现状，全面梳理和
分析当代作家刘庆邦的文学创作，从"以生命为名的现实主义
写作"的角度去观察、发现、阐释刘庆邦的小说世界。

三、研究的对象、方法与创新之处

本书以刘庆邦开始小说创作以来所有的文本作为研究对象，从最初的《棉纱白生生》，到之后的《盲井》《鞋》《走窑汉》，直至稍近的《红煤》《遍地月光》《平原上的歌谣》等。笔者立足于这些文本，尝试对刘庆邦的小说创作进行全方位的艺术考察和判断，探究刘庆邦小说创作的阶段性特征、内容形式意义、艺术价值及时代意蕴。

本书全面梳理和分析当代作家刘庆邦的文学创作，从小说文本出发对刘庆邦的写作发生、小说母题、小说的叙事形态、小说的现实风格、小说的人物形象、小说的叙述语言等进行细致、全方位的考察，力图呈现刘庆邦小说创作中最富活力的创作景观。本书以发生学、主题学、叙事学、阐释学、文化学、后现代文化等西方文论为坚实的理论基础，以对刘庆邦小说全方位的艺术考察，发现刘庆邦"以生命为名的现实主义写作"的"独一个"的独特所在。

在梳理刘庆邦小说创作的研究现状时，我们发现，尽管已经有如此多的研究涉及刘庆邦小说创作的方方面面，但现有研究中仍存在一些不足及空白，主要体现在两个方面：第一，现有对刘庆邦小说创作的研究大都比较孤立，往往集中于特定角度的分析。第二，现有对刘庆邦小说中现实主义精神方面的研究尚未达到足够的深度。因而，本书试图通过一种共时性、整体性的研究，并通过"以生命为名的现实主义写作"的角度来发现刘庆邦小说创作中各种层面的关联，以期使刘庆邦小说创作的研究达到一种更深入的精神层面。本研究的创新之处主要体现在三个方面。

第一，完整提出通过"以生命为名的现实主义写作"的方式对刘庆邦小说创作进行整体分析的研究模式。

第二，以"以生命为名的现实主义写作"为前提，依据发生学、主题学、文化学、叙事学等理论，提出刘庆邦小说创作研究的层次。

第三，将生命表达、现实写作与刘庆邦小说创作相结合，填补了刘庆邦小说创作研究的空白，并突出选题研究的目的性。

第一章

文学的使命：执着于乡土的写作面向

　　在四十余年的写作生涯中，刘庆邦一直以不尚浮华、守拙自持的态度进行着仁厚、淡泊、沉潜而自在的写作，迄今已发表文字四百余万。是什么样的力量，让刘庆邦能够进行如此连绵不绝的文学创作？是什么样的缘由，使他的文字、故事、情节、人物能够散发着始终不竭的生命力？是什么样的原因，使他的创作力丰盈而不竭？又是怎样的叙述和丰饶，使得刘庆邦的文字能够持续唤起我们的关注甚至凝视？那么，以刘庆邦的小说创作为基点，我们可以探究他写作的热情、耐力及力量；并通过小说与存在的碰撞，在刘庆邦以文字联结现实的叙述逻辑中，发现他对现实、存在、社会及历史的种种思考……在创作欲望和情感需求驱动下的小说创作是作家从必然王国奔向自由王国的一种形式，是作家独特声音和期待的个性表达。在深入探讨刘庆邦小说的过程中，笔者更感兴趣的是，究竟是哪些因素左右甚至决定了他写作时的选择、呈现、风格乃至气度？因此，当我们进入刘庆邦的思维空间，从写作发生的角度对刘庆邦的小说进行再度审视时，我们试图体会并寻找的就不仅止于刘庆邦思维的走向和情感的流动，也要尝试发现刘庆邦小说内部的生命机制与外部的文化关联之间的共振，从而发现刘庆邦小说文本中更多有意味的形式。

　　纵观刘庆邦不同时期的作品，我们可以发现，他的出发点不是随意的，他文学作品的全部意义均源于他对社会的认知、对人生的识见，是以最抽象的概括进行的最具体的表达。故乡的痕迹、时代的发生、历史的陪伴都曾对刘庆邦的写作产生过或深刻或广博的影响，这是我们研究刘庆邦小说时无法绕开的重要话题。随着刘庆邦在持续写作中不断完成的自我超越，他的小说也因独特的美学坚守成为中国当代文学中特有的存在。

这所有的来路正是刘庆邦写作的缘起，我们深思并从中找寻那些一直牵绊着刘庆邦小说创作的难以割舍的种种，这种视角将有助于我们发现刘庆邦小说的缘起以及他思想深处的悸动。毕竟，这是刘庆邦的文学使命，也是他守于执着的写作面向。

一、缘起：守望故乡的书写惯性

故乡是刘庆邦小说故事发生和意义开始的地方。

对于作家而言，地域性几乎是力量的源头。如弗罗斯特说："人的个性的一半是地域性。"[1] 在作家写作的过程中，特定地域空间中的地理人文、世俗风情、历史文化……都会积淀为作家独有的文化资源。无论直观还是隐蔽，缄默还是喧嚣，细微还是宏大，这些独有的文化资源最终都会生发为创作中最有意义的存在，进而构成激发作家虚构和想象的力量。那么，在所有地域性的存在中，故乡是最为独特的一个。

在人类千百年的文明发展史中，故乡作为最常见的文学母题被赋予了更丰富的内涵。她是实体性存在，供人们安身立命、修养生息；她是精神性的寄托，让人们灵魂休憩、心灵皈依；她是象征性的留存，以丰富、深远而强大的寓意表征人类生活中众多的命题。当然，文学作品中的故乡是作家建构的"故乡"：作为创作内容的一种，表达着作者凝视世界的本原；作为文学意象的一种，承载了作家表达世界的起点；作为价值取向

❶ 沈苇. 尴尬的地域性［N］. 文学报，2007-03-15（6）.

的一种，标志了作者声音发出的方式。在文学史上，出现过大量以故乡为背景或作为象征的文学作品。故乡是一种特定的视角，是平实生活中的世事、人情；故乡是一种深邃的感悟，承载着繁复多样的人生百味。威廉·福克纳的约克纳帕塔法县、苏童的香椿树街、莫言的高密东北乡、阎连科的耙耧山脉、阿来的嘉绒藏区……都是以故乡作为特殊的"史的线索和脉络"来表达作家对世界的关照和审视。因而，作家最伟大的作品往往都源于那块赋予了自己生命的土地。那么，对于作家而言，从故乡出发表达对世界及存在的理解也就显得更加巧妙而从容。刘庆邦的故乡书写也正是这样的一种延续。从 1978 年刘庆邦公开发表第一篇小说《棉纱白生生》开始，故乡就一直作为一种不能承受之"重"贯穿于他的小说创作中：《梅妞》《风中的竹林》《遍地白花》是以故乡为视角面向乡土的回望；《哑炮》《神木》《红煤》则是以故乡为牵绊在矿井的世界中表达了人性的思考、思想的冲突及时代的巨变……日本作家大江健三郎说过："把思念寄存于故乡成为我们文学创作的内容，也是我们文学的起跑线。"❶

在四十余年的小说创作中，刘庆邦一直以守望故乡的书写惯性不断地调整着自己与故乡之间的关系，尝试着以丰饶的故乡书写表达出属于故乡本身的"众声喧哗"。因而，刘庆邦小说是对故乡价值的发现与重建：有了故乡的存在，他的小说才能如此真实而厚重；有了故乡的存在，他的小说才能把民间的经验衍生至国族文化的深层；有了故乡的存在，他的小说才能以

---

❶ 杨建兵，刘庆邦. 我的创作是诚实的风格——刘庆邦访谈录［J］. 小说评论，2009（3）：27.

局限的个体表达出众生的挣扎。

刘庆邦笔下的"故乡"并非传统文人印象中缓释困顿的栖息之所，也绝非海德格尔等西方哲学家定义的精神原乡。在刘庆邦的小说中，故乡首先是一种以空间为考量的容器，承载着作者对世界的想象和丈量。其次，刘庆邦笔下的故乡是包罗万象、全景化的地理性存在，拥有着物化的空间和具象的人。再次，刘庆邦笔下的故乡还是一个纵贯历史发展的社会性整体：承载着维系社会运转、人类存在的种种社会、经济、生存形态。那么，在不同的视角中，作为一个被有意抽取出来的样本，故乡就呈现为关于历史、社会、存在、道德、伦理等种种的繁复及琐碎。最后，故乡作为一种思考，承载了刘庆邦的乡土经验及文化延伸，并以对现实及存在或细致或广袤的发现，在个体经验中表达出自己对世界的观感及态度。

刘庆邦说："儿时和地域的影响对一个作家来说是决定性的，如同我们不能自由地支配梦境，改变梦境。我们用小说做成的梦，也离不开生长期所处的环境。在生长期，人的记忆仿佛处在吸收阶段，一过了生长期，记忆吸收起来就淡薄了。这大概是我们的宿命。"❶ 故乡是刘庆邦写作的宿命。他在故乡做过农民，当过煤炭工人，后因工作才离开故土。一路而来，虽然刘庆邦身处的社会阶层和生活境况都发生了巨大的改变，但他源于故乡的写作立场和作品指向从未改变过。刘庆邦认为，"每个作家都有自己的根，这个根就是故乡。不管我走得多远，

---

❶ 刘庆邦. 刘庆邦短篇小说集·河南故事 [M]. 北京：昆仑出版社，2004：封面言.

故乡永远是我创作的灵感和源泉"。❶ 故乡是刘庆邦文学书写的起点，在故乡河南的文学杂志《郑州文艺》和《莽原》上，刘庆邦分别发表了他的首部短篇小说《棉纱白花花》和首部中篇小说《在深处》。故乡还是刘庆邦持续写作中不竭的动力。无论刘庆邦身居何处，每年对故乡的重返已然成为刘庆邦生命中不变的规律。黑格尔说："作品中人要现实的客观存在就必须有一个周围的世界，正如神像要有一个庙宇来安顿一样。"❷ 对刘庆邦而言，故乡正是这样的一个安顿之所，不仅构成他小说中的地理空间认知，更使他的小说成为一个完整的叙事逻辑有机体。故乡赋予刘庆邦两大创作题材：乡土和矿井。乡土承载的是刘庆邦的成长，而矿井则构成了刘庆邦的丰厚。在乡土和矿井构建的故乡叙事中，藉由喜乐及苦难，刘庆邦引领我们走进这片不为人知的热土，并带领我们逐步深入一个迥然不同的世界。

作为写作的源头，乡土持续供给刘庆邦小说创作所需要的一切：人物、事件、景物……无数的原型及意义都以无法抽离的现实罗列为刘庆邦写作中源源不断的资源。刘庆邦说过："我的故乡在豫东大平原。我曾经说过，那块地方用粮食，用水，也用树皮和草根养活了我，那里的父老乡亲、河流、田陌、秋天飘飞的芦花和冬季压倒一切的大雪等，都像血液一样，在我的记忆的血管里流淌，只要感到血液的搏动，就记住了那块生我养我的土地。我写乡村生活，难免会从家乡取材……每个作家都有自己的根，我的文学之根在乡土。"❸ 最终，无论直观还

❶ 刘庆邦称故乡是他创作的灵感和源泉 [J]. 文学教育，2010（21）：159.
❷ [德] 黑格尔. 美学 [M]. 朱光潜，译. 北京：商务印书馆，1979：39.
❸ 杨建兵，刘庆邦. 我的创作是诚实的风格——刘庆邦访谈录 [J]. 小说评论，2009（3）：27.

是隐秘、宏大还是细微，乡土中的一切成为激发刘庆邦想象力和创作力的冲动，而乡土正是刘庆邦所拥有的无须任何中介的表述原动力。

　　人必须存在于具体的空间中，而人的行为发生、思想形成与空间存在密不可分的深切联系。刘庆邦于 1951 年 12 月生于河南沈丘农村，19 岁经招工到煤矿区工作，历任矿工、矿务局宣传部干事等职务，直到 9 年后被调到《中国煤炭报》任编辑。在河南这块古老而贫瘠的土地上，刘庆邦度过了他的童年、少年及青年时代。乡土空间作为一种物质化的自然存在反复地出现在刘庆邦的作品中，是他对亲历的体验，也是他以社会学及心理暗示式的措辞完成重回故乡的叙述。

　　在空间建构的话语中，刘庆邦小说中的乡土首先是一种自然的存在：是一片土地，是一方山川，是一种气候，是人们生活、劳动、工作时的自然背景。

　　刘庆邦小说中的乡土经常作为故事的肌理承载着事件发生的地标或时代的背景：有时，乡土是丈量距离的一种存在，"矿上离老家五六百里，他们一大早坐上长途公共汽车，到县城又换了一次车，紧赶慢赶，到下午四点多钟才赶到家"❶；有时，乡土是岁月流逝的痕迹，"这个庄子是上千年的老庄，庄子里的人家不算少"❷；有时，乡土是游子在外时的种种牵挂，"姐姐从老家给宋长玉打电话，说爹生病了，住进了乡医院里，正在打吊针。姐姐的声音有些抽噎，像是哭了。宋长玉心里一紧，问

---

❶　刘庆邦. 卧底 [M]. 成都：四川文艺出版社，2007：65.
❷　刘庆邦. 风中的竹林 [M]. 北京：求真出版社，2012：1.

姐姐爹得的是什么病"❶。距离、岁月、牵挂……这是刘庆邦笔下最直接的乡土，简洁却沉重，以寥寥几笔凸显乡土的存在，足以唤起人们对乡土的回忆及怀想。

更多的时候，乡土代表了刘庆邦的情感投向。以乡土为指代，刘庆邦表达了眷恋、亲近、舒畅等种种情感性经验，强调的是因自然环境而唤起的对理想精神家园的向往。《野烧》《红围巾》《种在坟上的倭瓜》《梅妞放羊》等小说就是以具象的空间存在表达了对自然中和谐之美的渴望：有"到了秋天再来看，坟上的浆浆飘的"，以及"那里草长的旺，长的嫩样，种类也多……河里的水是很深，有些泛白。岸边长着一丛丛紫红的芦苇……南风带来了熏气，大麦黄芒，小麦也快了"❷。嫩样的河草、紫红的芦苇、黄芒的大麦，乡土中的自然表征了刘庆邦心底最深切的渴望。乡土还是一种归属感，是精神意义上的家园，这是故乡在刘庆邦小说创作中重要的现实意义所在。毕竟，故乡作为能够让人"诗意地栖居"的所在，是人性纯良不被异化的精神家园。因而，在现代文明席卷当下之时，对乡土的深情回望是对人类心灵世界的理性审视：《枯水季节》中在灾荒时期仍坦荡的母亲、《风中竹林》中坚守传统情怀的方云中、《黄泥地》中被称为中国最后一位乡绅的房国春等都是人类心灵世界美好的守护者……在小说中，以乡土为源头生成的环境空间是刘庆邦无法磨灭的精神记忆，它们不仅承载了刘庆邦以文字记载的种种故事，也全面阐述了刘庆邦展示原色魅力的美学理想。

---

❶ 刘庆邦. 红煤 [M]. 北京：北京十月文艺出版社，2006：292.
❷ 刘庆邦. 刘庆邦短篇小说选（点评本）[M]. 北京：作家出版社，2012：182，185.

它们构成了阿来所说的"根据怀念或某种激情臆造的故乡"❶。

乡土是能够体现时代、社会及人际关系的泛环境化的存在，因而在刘庆邦小说中，我们还常常能够看到乡土作为具有"公共区域"性质的社会环境，被用以呈现人际关系、架构社会现实。毕竟，"空间是一种独立的结构，具有构建和转换的规则，独立于更广泛的社会结构"❷。就如同老舍先生所说，"一个大茶馆就是一个小社会"❸。刘庆邦小说中的乡土往往是极富社会结构营造的意味，被设置为地域展示中具象而立体的表述骨架，并被填充以具有决定意义的意识形态。刘庆邦将乡土设置为微缩或封闭的"小社会"，让人生的种种故事在此上演。在"乡土"的舞台上，我们也跟随着刘庆邦小说中的各色人物尝尽了人生的况味。在刘庆邦的小说中，乡土往往是那些汇聚人群、消磨光阴、传递消息的特定所在。在信息闭塞、传播途径单一的时代，这些区域也因"本身就具有特殊的文化意味与社会意义，是形式上封闭而本质上天然开放的文化与社会空间"❹，成了小说发展情节或塑造人物时的关键：《黄泥地》中的房户营村、《红煤》中的红煤厂村、《平原上的歌谣》中的文凤楼村都是这类封闭、局限却又富有深意的所在。空间的有意限定及对被限定空间中异质化视角的关注使得人物的活动能够在局部的社会存在中得到最大限度的表现，空间的封闭也使人性得到了放大及凸显。"视点下沉"或"零度写作"已不足以概括刘庆

❶ 阿来. 落不定的尘埃 [J]. 小说选刊·增刊, 1997 (2)：62.
❷ [美] 爱德华·W. 苏贾. 后现代地理学——重申批评社会理论中的空间 [M]. 王文斌, 译. 北京：商务印书馆, 2004：122.
❸ 老舍. 答复有关《茶馆》的几个问题 [J]. 文艺研究, 1979 (5)：34.
❹ 许祖华. 鲁迅小说的跨艺术研究 [M]. 合肥：安徽大学出版社, 2012：33.

邦以乡土呈现的社会性空间存在。毕竟，刘庆邦小说中的乡土是一种精心设计的空间选择，以此为关注视角，刘庆邦不仅凸显了人性之极微，还呈现了人类生存进程中的种种本相。

在刘庆邦的小说中，乡土是存在，是用以展示情境、设置背景、塑造人物的必要手段。那么，在种种展示之后，借由这些特殊的意象，刘庆邦试图重返乡土。毕竟，对于刘庆邦而言，重要的不仅是呈现，而且是通过过去及现在重回故乡。在现象之上，如何改写和完善，发现乡土更好的未来才是刘庆邦的终极愿景。因而，在小说写作中，刘庆邦借由乡土展开更多的思考。

故乡沈丘是刘庆邦书写乡土时依循的写作原型。这片土地处于中原文化的发源地河南，这里拥有中国最具代表性的原生态、纯粹的乡土形式。在河南沈丘这块古老而贫瘠的土地上，刘庆邦历经饥饿、贫穷、天灾走过了自己的童年、少年和青年时代。因此，乡土的记忆一直流淌在刘庆邦思想的血液中，成为他思考问题、审视人性、构建真实世界的逻辑起点。通过对这片乡土的思考，刘庆邦表达了对中国现实最真切的体悟、最深刻的洞悉，并呈现为外具意蕴、内聚体悟的艺术表达。"他在者"的身份和对乡土永不衰减的热爱使得刘庆邦乐于通过不断的叙述重返乡土。不同于美化乡土的小说家们，刘庆邦在书写乡土时虽饱含着深情却绝不盲目温情。在不同时期的写作中，刘庆邦努力寻求事实背后的真相，近距离地放大了乡土的曾经和现状，以更本质、更深入的表达，呈现出对乡土的深刻认知及不断超越。

当下的乡土已然在现代文明的入侵和城市化的过程中逐渐变得面目全非。曾经美好的乡土只留存在他的记忆里。刘庆邦说过："在我的印象里，我的家乡是很美的，美得不知从何说起。"当刘庆邦重新回到故乡时，却发现乡土已经不再是往昔的模样。《家道》就是以阔别家乡多年的"我"为视角发现乡土不再的故事。商品经济的到来悄然却坚定地改写着传统的农耕生活，使乡土中的很多人不约而同地步入"无家"的困境。有的人离开乡土，却陷入了没有归处的悲哀：《城市生活》《男人的哭》《妹妹回家吧》描述了乡土众人在都市中的漂泊与孤寂。有的人离开乡土，却彻底丧失了家园：《月光依旧》中的叶新荣经过半生的努力终于离开乡土，却只能局促地租住在煤矿边村落的磨坊里，陷入了没有立锥之地的窘迫生活。《探高跷》中的许多矿工也只能蜗居在煤矿边山间的自建房中，陷入了和叶新荣同样无家可归的窘迫。同样，《离婚申请》中李云中的家庭悲剧其实正源于矿工无房可居的经历……有的人仍旧留守在乡土，却对在现代化的发展及城镇化的"围攻"中日渐消减的家园无能为力：《回娘家》和《空屋》都不约而同地讲述了乡土被逐渐侵占的悲哀，"不过十几年工夫，村子像摊煎饼一样，越摊越大，以致把阳宅摊到阴宅，人住的地方和鬼住的地方越来越接近"❶；"村庄大了，地就小了，房子多了，地就少了，有的房子盖得几乎挨到了坟地。房子再盖下去，活人和死人住的地方就分不清了"❷。乡土的丧失是人们无能为力的悲哀，是人生之痛，更是时代之殇。因而，刘庆邦以小说为名，发出"家园何在"的感慨与无奈。

矿井也是刘庆邦书写乡土时的重要组成部分。1970 年，19

---

❶ 刘庆邦. 清汤面 [M]. 上海：上海文艺出版社，2015：182.

❷ 刘庆邦. 神木 [M]. 北京：北京十月文艺出版社，2015：32.

岁的刘庆邦来到河南新密的一个煤矿开始人生新的体验。这是
刘庆邦人生中的重要拐点，从此，他与煤矿相逢了。从一线煤
矿到煤矿媒体，刘庆邦的人生与矿井一直相关。以煤矿作为写
作中永恒性的关照，刘庆邦不仅以《走窑汉》《神木》《红煤》
等作品奉献了自己写作的最高水准，还以此将自身的写作推向
新的高度与极致。

　　煤矿为刘庆邦提供了一种更为深远的现实及写作的可能。
对于刘庆邦而言，矿井的世界首先是一种现实中存在的日常环
境，在这里，刘庆邦完成了自己人生中的一系列大事，结婚、
生子、升迁、成长……在矿井的世界中，刘庆邦感受到的是真
切而鲜活的人生，"在煤矿，我就像一个真正的矿工一样，和他
们一起住集体宿舍，一起排队买饭，一起挖煤聊天"。❶ 不可避
免的，矿井世界也承载了刘庆邦无数的过往，也就因而成为他
情感牵绊的所在。在感情的关注之外，矿井世界还是一个能够
让刘庆邦看到现实深处的所在，刘庆邦说："我一直认为，煤矿
的现实就是中国的现实，而且是更深的现实。"❷ 煤矿，尤其是
刘庆邦笔下的小煤窑往往是远离尘嚣的所在，它们远离都市，
不近人群。《卧底》中周水明走过平原，进入浅山地带，再来到
深山地带，在路上奔波了八九个小时才找到了群山中的煤矿。
《神木》中的煤矿同样"扎到深山里"。在这里没有自由，没有
尊严，只有占有与掠夺。这是矿井世界中的平常，却也是矿井
世界中的沉重与悲哀。矿难的频繁、权力的利诱、金钱的磨砺、
欲望的压抑……刘庆邦以感同身受的触动呈现并深思着这里发

---

❶ 刘庆邦. 故乡是我的根 [N]. 西安日报，2010-11-25（8）.
❷ 刘庆邦. 红煤 [M]. 北京：北京十月文艺出版社，2006：后记.

生的一切，并诉诸文字展示矿井世界中种种关于生存、人性、情感的思考。这是刘庆邦一直秉承的对矿井世界的深情，更是刘庆邦多年以来对现实主义关注的执着。

首先，刘庆邦再现了矿井世界中真实的生存环境。煤矿自然环境污染严重、地质条件多变、小气候恶劣，是世界上最艰苦的工作环境之一。煤矿井下的工作条件非常复杂：水、火、瓦斯、粉尘、噪声、高温、高湿等因素在不同程度上威胁着煤矿工人们的生命及身体安全。在这里工作的矿工时时刻刻面对着工作环境艰苦、生命安全受到威胁等种种客观状况。刘庆邦在小说《阳光》中从一匹老马"老白"的视角再现了矿工习以为常的日常艰辛。六个月中，"老白"没见过一缕阳光，这种"如毒汁般灭顶的黑暗，摆不脱，挣不破，就足以使人感到窒息和绝望"❶ 的工作环境正是矿工长年累月工作的日常。同时，日夜不分繁重工作的描写也让我们感受到了矿工劳动的繁重与枯燥。这是一个无法保障生命、健康、自由和尊严的职业，因此，刘庆邦认为矿工是世间万千行当中最辛苦的职业。

环境的恶劣、劳作的困乏等种种综合到一起，使充满窒息和绝望的矿井世界呈现出独有的惨烈与冷酷。刘庆邦说，"到了煤矿才有机会看到别一层炼狱般的天地"。❷ 因而，刘庆邦又将矿井世界作为撕扯人性黑暗的一个裂缝，让我们看到人性之恶的极致。刘庆邦的成名作《走窑汉》就是以平淡的语调言说出了酷烈。从一开篇，小说《走窑汉》就笼罩在一种阴森的氛围中：布满煤尘的更衣室、中间带槽的尖刀、微弱灯光下闪烁的

---

❶ 刘庆邦 . 响器 [M]. 上海：上海文艺出版社，2003：312.
❷ 刘庆邦 . 刘庆邦小说 [M]. 北京：中国社会出版社，2006：1.

凛凛寒光……以未明的压抑为张力，小说的主角马海州出场了。他是一个大骨架的汉子，脸上的表情很平静，只有高眉骨下深藏的眼睛微微的塌朦着。这是一个什么样的故事？马海州是谁？他要做什么？带着种种疑惑，我们跟随着刘庆邦一路向前。马海州的刻骨仇恨来自妻子小蛾被张清诱奸的往事。这种耻辱是最让矿工难以忍受的羞辱。但让人意想不到的是，马海州没有像当年那样使用那把中间带槽的尖刀进行一场酣畅淋漓的复仇，而是以无处不在的阴狠与歹毒在精神上威压着张清和小蛾，直至逼迫两人双双自尽身亡。《走窑汉》中充满张力的复仇主要源于马海州极端偏执的人格。刘庆邦并没有将极端偏执人格的形成归咎于个人，却以若隐若现的笔触表达了狠毒、酷烈性格在矿工群体中的常见性。在刘庆邦意味深长的笔触下，我们能够看到马海州极端人格的铸就与矿井世界的阴沉和压抑密切相关。这正是刘庆邦用笔的不凡。后来，刘庆邦继续在《家属房》《离婚申请》《拉倒》等小说中"重述"了类似的情节，同样将矿工扭曲的人生哲学及酷烈的人性形成指向了矿井中非人的生存环境。刘庆邦将人性中的酷烈如原煤一样地挖掘出来，并显露于世，这暴露于人世间的种种"刺眼"就足以让我们反省矿井世界中人性之惨烈了。

在矿井世界无边的黑暗中，还弥散着各种弥足珍贵的人间之爱。这里有爱情：《红煤》中的金凤对宋长玉爱得执着；这里有亲情：《黑白男女》中矿难发生时，守候在矿口的亲人们是井下工人们遗留在人世间那一份份难舍的牵绊；这里有工友情：《别再让我哭了》中的孙宝川因工友们的遭遇而发出的足以让天地为之动容的哭号是工友间萌生的大爱无疆……在刘庆邦的笔下，没有阳光、空气污浊的暗黑并非矿井的唯一面貌，在描述惨烈生存环境及酷烈人性的同时，刘庆邦仍在不断地尝试着以情感性的元素填充着矿井世界中坚硬的物质留存。

在刘庆邦看来，种种情感的富饶与感动才是矿井世界最真实的呈现。毕竟，"文学经验的价值就在于，通过观照文学作品引起适当的心理效果"。❶ 因而，对矿井世界酷烈的再现并非刘庆邦的本意，在刘庆邦小说的种种困惑、焦虑及不安间，我们仍能捕捉到他对美好人性的坚信。在对冷色矿井世界的描摹中，精神力量的张扬才是刘庆邦心中最深层的感动和期冀，他所执着追寻和坚信的正是人类心灵的归处。

20 世纪 80 年代是我国煤矿题材小说创作的一次高潮期。当时，我国出现了一大批经典的以煤矿为题材的文学作品，一大批代表作家也因此获得广泛的关注。1982 年，中国煤矿文化宣传基金会设立专属于矿区写作的"乌金文学奖"。在这个全国性平台的推动下，我国出现了许多从事"煤矿写作"的优秀作家及作品：周梅森的《沉沦的土地》以回望过去的视角，借助煤矿生活的题材重写了中国近现代的斗争史；孙少山以小说《八百米深处》表达了人物在欲望与理想之间的矛盾冲突与互相成就；卢国成则以小说《黄钟不弃》对全国各地的矿难进行追溯并进一步探讨煤炭工业向社会主义市场经济体制转变进程中煤矿安全的必要性……将矿井世界的故事延伸至更深广的现实，这是刘庆邦煤矿写作的深入，也构成了刘庆邦书写煤矿题材小说的特点。深刻的体认不仅使刘庆邦的写作进一步拓宽了煤矿文学的境界，而且进一步完成了刘庆邦个性化写作风格及艺术特色的建构。

---

❶ 李卫华. 价值评判与文本细读——"新批评"之文学批评理论研究［M］. 北京：中国社会科学出版社，2006：10.

二、继承：现实主义的精神承载

现实主义作为一种自觉的文学艺术流派，其传统源远流长，通常指 19 世纪 30 年代以后兴起于欧洲、挑战浪漫主义艺术成规的一种文艺思潮。广义上的现实主义泛指文学艺术对自然的忠诚：古希腊时期亚里士多德在《诗学》中提出了"按照事物本来的样子去摹仿"的"摹仿说"；卫姆塞特和布鲁克斯则把现实主义理解为抵制"不现实的各种事物"的一种逆动。在艺术上，现实主义是以对理想化想象的摒弃，对自然或当下生活进行准确的描绘和体现，主张细密的观察及据实的摹写，包含了不同文明中的多种艺术思潮。

现实主义的实际运用其实比它被命名的时间更为久远：文艺复兴时期，阿尔贝蒂、达·芬奇、卡斯特尔韦特罗以不同的艺术实践坚持并发展了"艺术摹仿自然"的观点；狄德罗和莱辛坚持了文学艺术的现实基础，肯定了美与真的统一，在《沙龙》《画论》《汉堡剧评》等著作中系统阐述了现实主义的创作原则；R. 韦勒克则在《文学研究中现实主义的概念》一书中追溯了现实主义在文学领域具体发生于 1826 年，明确阐明了"现实主义"作品必须要"研究现实"，并把狄德罗、斯丹达尔、巴尔扎克等人奉为创作的楷模，主张"现实主义的任务在于创造为人民的文学"，等等。

从历史发展角度来看，中国文学也一直拥有根深蒂固的现实主义渊源。虽然现实主义是近代才兴起的文学艺术思潮，但在精神实质上，中国古典文学流传下来的诸多优秀文学作品都是以现实主义的精神呈现并表达世界的。如在我国最早的诗歌总集《诗经》中，有许多反映当时社会面貌及特定历史时期人民生活状况的诗篇；白居易乐于以"补察时政""泄导人情"进行社会的"讽喻"；杜甫则偏爱以"不虚美，不隐恶"的笔法表达对"致君尧舜上，再使风俗淳"目标的求索……这些作品均以笔底的波澜直视世间疮痍，并以对社会生活、时代特性的关注呈现出强烈的现实性。

中国现实主义文学思潮出现在五四时期其实符合历史发展的必然：一方面，中国现实主义文学思潮是对"别求新声于异邦"迫切需求的实现，是"世界性现实主义思潮传入的结果"❶；另一方面，社会、文化、受众等方面的种种准备使我国当时的文学具备了接受现实主义影响与改变的条件，为中国现实主义文学思潮的出现提供了必要的准备。栾梅健认为："现实主义创作方法是工业文明的产物……当整个社会被人们认为是有序的，是可以加以认识与改造的时候，与之相适应的，人们便自然围绕着对空间和时间的理性思考而组织建立起某种正式的艺术原则，力图把一种具有深度的空间和具有顺序时间的理性宇宙结构学转化成艺术。"❷

从最初的"摹仿自然"到随后的"再现生活"，我们看到了"现实主义"繁复而承载众多的不同存在。因而，与其说

---

❶　温儒敏.新文学现实主义的流变［M］.北京：北京大学出版社，1988：2-3.

❷　栾梅健.重论中国现代文学中现实主义的起源及其特征——从近、现代社会与文化的转型出发［J］.南京社会科学，2010（1）：116.

"现实主义"是一个"功能性"的概念，毋宁将其认定为一种"方法论"的界定。现实主义是以对现实日常具体而贴近的面向，将社会生活中真切而细致的点滴呈现为拥有巨大生存空间及扩容力的存在。那么，中国文学与现实主义一经碰撞，就以"极摹人情世态之岐，备写悲欢离合之致"的特性，在题材及技巧方面获得极大的拓展，产生了《潘先生在难中》《老张的哲学》《离婚》《雷雨》《日出》等一系列在中国现代文学史上熠熠生辉的作品。那么，我们可以认为，一直以来，现实主义为我国诸多的现代作家明确了不同以往的认识世界的基本立场以及表现世界的观察视角。

现实主义曾是 20 世纪中国文学的主潮。那么，在丰富过往的承载之下，现实主义至今仍以强大的惯性影响着 21 世纪的文学。因而，现实主义也成为把握当代文学走向的一种途径和视角。在大众文化流行的当今，资讯的爆炸使文学艺术的表达也不得不面对越来越多的挑战：漂浮的能指、碎片化的文学、日益泛化的审美……因而，承载当代文学的使命与担当、实现民族文学的经典化等问题就成为当代文学史、当代作家不可回避的迫切问题。在社会生活发生巨变的历史进程中，对当下鲜活生活经验的表达就成为当代作家实现使命、承载担当的重要途径。毕竟，作为一种重要的参照系，中国当代文学中的现实主义从未"过时"。现实主义的意义在于提供了一种书写方式，一种面向存在的精神，引领着人们认识世界及表现世界时的立场及视角。如陈思和所说："21 世纪以来我国最重要的文学现象之一，就是现实主义创作又重新回到了主流文学当中，它产生于文学创作与当下生活血肉相连的关系之中，发挥出新的良知的

批判力量。"❶

　　"现实主义是人类艺术地把握世界的最古老、最普遍，同时又常在常新的一种基本创作方法、原则和精神"❷，是艺术反映现实的基本规律，是人类正视自身生存状态的感性体悟与理性思索，是文学之树常青的根本。在当下传统形式文学创作日渐式微的语境中，"关注现实"一直是中国当代文学的重要传统，并在发展中呈现出多样化的态势和面貌，这不仅是时代的需求，更是中国当代文学发展的必然走向。如伊恩·瓦特叙述的那样："小说的现实主义并不在于它表现的是什么生活，而在于它用什么方法来表现生活。"❸

　　多年来，中国文学在对"中国故事"的叙述回归中完成了"本土经验"的自觉书写及对现实主义的历史继承，为中国当代文学的跋涉铭刻了扎实的印记。毕竟，"现实主义文学既是以整个现实生活以及整个文学艺术的特征为其耕耘的园地，那么，现实生活有多么广阔，它所能提供的资源有多么丰富，人们认识现实的能力和艺术描写的能力能够达到什么样的程度，现实主义文学的视野，道路，内容，风格，就可能达到多么广阔，多么丰富。"❹ 我们可以认为，中国当代现实主义文学就是以动态的发展践行着从生活真实到艺术真实的实践，并以多元的形态和特色的内涵丰富了现实主义文学的广博。同时，现实的存

　　❶ 陈思和．面对现实农村巨变的痛苦思考——论关仁山的创作兼论一种新现实主义文学的诞生［J］．中国文学批评，2016（1）：5．
　　❷ 张江，等．现实主义魅力何在［N］．人民日报：文艺版，2016-04-29（5）．
　　❸ ［美］伊恩·P．瓦特．小说的兴起［M］．高原，董红钧，译．北京：生活·读书·新知三联书店，1992：3．
　　❹ 何直．现实主义——广阔的道路——对于现实主义的再认识［J］．人民文学，1956（9）：1．

在不仅为当代作家的创作提供了广阔的展示天地，更以多样化的可能性为中国当代现实主义文学注入了常新的生长点。同样，时代的变迁、社会的发展，也为当代现实主义的发展提供了更为开放的姿态和更为宽广的道路。毕竟，中国当代文学以从未真正"遗忘"过现实主义的态势，一直孕育着优秀的现实主义作品。

现实其实是一种广阔而开放的逻辑概念，它既与历史相关，又直指当下。这就要求现实主义文学创作既要呈现出对现实关系的认识和理解、对社会生活的体察和把握，又需要以流动、连续的状态直面历史，在多维的时空中体察人生，贴近现实。一直以来，在现实主义的"必然王国"中，中国当代文学一直延循着"爱之欲其生""恶之欲其死"的轨迹，以对存在的直面，执着表达着对现实的关注及介入，进而实现超越现实的美学境界。当代作家集体对国计民生问题的思考也形成了当代小说思想主题落点的明显转移。对国计民生的自觉也使得这些作家的创作及作品在现实的视野中具有特殊的意义。

中华人民共和国成立伊始，我国文学中的现实主义表达从对反映旧政权下劳苦大众悲惨境遇的批判迅速转向对社会主义新生活的歌颂。值得注意的是，这个阶段的社会主义现实主义表达，尤为注重将民族的独特风格呈现为广大人民的喜闻乐见，出现了一大批主题严肃、情节生动、语言丰富、人物独特的作品，如梁斌的《红旗谱》、杜鹏程的《保卫延安》、杨沫的《青春之歌》、曲波的《林海雪原》、罗广斌和杨益言的《红岩》等作品；形成了以"荷花淀派"和"山药蛋派"为代表的独具特色的作家群；并出现了以通俗的语言、乡土的美学等特征影响了一代作家创作的代表人物赵树理……正是因为有了社会主义现实主义的发生，才使这一阶段的文学创作在我国文学史上具有了不可复制的重要性。

我国新时期文学真正开端于 1979 年中国文学艺术工作者第四次代表大会。在这一时期，现实主义文学从对"写什么"的过分重视，转向对"怎么写"的侧重。具体表现为以对"双百方针"的坚持，改变了以往的创作立场，强调文艺题材和表现手法的多样性，提倡文艺创作者们对古今中外艺术技巧中一切有益成分的吸收、钻研及融合。1979 年 10 月 30 日，邓小平代表党中央、国务院所作的《在中国文学艺术工作者第四次代表大会上的祝词》就是引领这一阶段创作的纲领性文件。其中提到："文艺这种复杂的精神劳动，非常需要文艺家发挥个人的创造精神。写什么和怎样写，只能由文艺家在艺术实践中去探索和逐步求得解决。"❶ 从此，中国当代文学进入了蓬勃的现实主义复兴和发展的崭新时期，并在此后一直以主流的姿态占据中国文坛的重要位置。这一阶段的中国现实主义文学以"伤痕文学""反思文学""改革文学""寻根文学"等为主线，以广阔的题材、真实的生活、典型的人物开创了中国文学的新时代。此阶段，现实主义文学完全突破了以往的题材禁忌，以对社会生活各个领域的深入使当代中国文学在创作的深度及广度上都获得巨大的飞跃，产生了一大批在质量上远超以往创作的兼具现实凝聚力及历史穿透感的作品。这个阶段的现实主义文学创作经常尝试极难驾驭的题材，获得首届茅盾文学奖的长篇小说《将军吟》即首次正面再现了"文化大革命"的全过程，以军队内部的"文化大革命"为展示对象，全历程地展现了"文化

---

❶ 邓小平. 邓小平文选 [M]. 北京：人民出版社，2008：159.

大革命"的发生、发展及覆灭。《将军吟》以深刻的历史反思及价值评判叙写了对"文化大革命"的评定。小说借助文中人物之口表达对"文化大革命"伤害人和尖锐斗争的愤慨，并对其进行彻底的否定："我要把人民对'文化大革命'的判词喊出来。你说喊了就得死，我说，死也要喊。与其窝窝囊囊地活着，不如大喊一声，暴烈地死去。"❶ 柯云路的《新星》则被视为长篇改革小说的扛鼎之作。这部长篇小说以一种复杂又充满缝隙的"改革叙事"关注了社会改革初期面临的阻力及困境。因而，在《新星》中，我们能够看到小说对当代社会生活的全景化呈现。张炜的《古船》则因对中国农民内心的深入探究和对现实经济改革的激情拥抱被雷达称为"民族心史的一块厚重的碑石"❷。《古船》以四十年的叙事时间为背景，用有力的笔触表达了张炜对改革的探询，并深入表达作者对经济发展与人类道德之间裂缝的思考。韩少功的《文学的"根"》一文则被视为寻根文学的宣言。洪子诚也曾坦言，"文学有根，文学之根应该深置于民族传统文化的土壤里，根不深，则叶难茂"，❸ 认为我们的责任，就是"释放现代观念的能量，来重铸和镀亮""民族的自我"❹。其实，刊登于 1983 年《当代》第 2 期李杭育的《最后一个渔佬儿》被视为寻根文学真正的代表作。这部小说的出现早于对寻根文学潮流的定论。《最后一个渔佬儿》中的老渔民福奎被描述为一个当代生活中的"末路英雄"，他生活在时代

❶ 薛说. 评长篇小说《将军吟》[N]. 人民日报，1980-10-29（05）.

❷ 雷达. 民族心史的一块厚重碑石——论《古船》[J]. 当代，1987（5）：232.

❸ 韩少功. 文学的根 [EB/OL]. (2017-12-13) [2020-06-20]. http://www.chrinawriter.com.cn/nl/20171212/C404018-29702167.html.

❹ 洪子诚. 中国当代文学史 [M]. 北京：北京大学出版社，1999：321.

的话语中，面对着现代生活的种种诱惑而不为所动，仍坚持着以传统的生活方式留守于葛川江上。他身上的落寞、无奈正是无数个李杭育们面对时代巨变发出的慨叹。同时，福奎身上的落后与对传统的因循也在一定意义上承载着属于未来的因子及意义。蕴含着伤痕、改革、反思、寻根等种种意味深长的作品在实现现实主义时虽然各有差异，但种种潮流所具有的共同点是："中国文学应该建立在广阔而深厚的'文化开掘'之中，开掘这块古老土地的'文化岩层'，才能与世界对话。"❶ 这个阶段中国现实主义文学创作的又一成就在于塑造了一大批活灵活现的人物形象。此阶段的创作以对"三突出"原则的全面反抗，突破了只描写工农兵的限制，创作出一大批极具多样性而兼具思想深度及美学价值的人物形象，比如克己却忍辱的知识分子陆文婷、淳朴而短视的老一代农民陈焕生、个性而壮烈的"刺头"英雄靳开来……以现实主义典型化为创作原则，作家以现实生活为依据，通过复杂而丰富的典型环境展示性格、塑造人物，是对图解式概念的反转，更是对中国当代文学人物塑造从神化到人化转向的完成。最重要的是，新时期的现实主义文学以表现形式方面的有益探索，践行了"怎么写"的多样可能性。新时期现实主义文学最令人瞩目的成就之一就是以全新的写作模式拓展了现实主义的创作方法，包括突出地方特色和乡土风韵的"风俗化和画卷化"式创作，是以民间特色与壮阔历史的结合方式呈现出的真实可信的生活质感，如贾平凹的商州系列、陆文夫的苏州市民风情系列、邓友梅的历史风俗系列等；又如以恢宏的历史感讲述家族深层震动及无声厮杀的家族系列故事。

---

❶ 洪子诚. 中国当代文学史［M］. 北京：北京大学出版社，1999：321-322.

这些作品往往横贯历史与现实，一方面表达了对现实变革的关注，另一方面又以对历史的穿透、对复杂的民族文化及深层的民族心理进行审美关照，路遥的《平凡的世界》、朱小平的《桑树坪纪事》、贾平凹的《浮躁》等都是其中杰出的代表；以及以新闻化或纪实化的方式进行的小说文体形式的更新，如《花园街五号》《男人的风格》等都以新闻热点的有意穿插作为情节阐发的关键。文学形式的更新不仅应和了社会生活方式的变化，丰富了小说的表现形式，也使文学创作以更崭新的外在形式获得更喜闻乐见的表达。这些表达方面的探索大大丰富了中国当代现实主义文学的表现形式，为文学作品更为深入地反映社会生活及现实本质提供了强有力的辅助。

20世纪90年代兴起的新写实小说作为中国现实主义文学发展中的新变，更着重于对现实语境中普通人的关注，它们更契合王蒙所说的："人文精神应该承认人的差别而又承认人的平等，承认人的力量也承认人的弱点，尊重少数巨人，也尊重大多数人的合理的与哪怕是平庸的需要。"❶《一地鸡毛》中的小林、《烦恼人生》中的印家厚正代表了万千普通人的生活状态及对生存的渴望。如刘震云所说："新写实真正体现写实，它不要指导人们干什么，而是给读者以感受。"❷ 因而，新写实小说关注俗世现实，主张还原生活本相，在琐屑日常的美学追求中呈现出日常的烦恼、生存的艰难及个体的孤独。方方的《风景》、池莉的《烦恼人生》、刘震云的《塔铺》、刘恒的《狗日的粮食》等以新写实名义集结的众多作家和作品以更大的开放性与

---

❶ 王晓明. 人文精神寻思录 [M]. 北京：文汇出版社，1996：106.
❷ 丁永强. 新写实作家、评论家谈新写实 [J]. 小说评论，1991（6）：14.

包容性拓宽了传统现实主义的范畴，为当代文学的现实主义叙写增加了不可或缺的重要因子。

"底层文学"的兴起则代表了中国当代文学中又一股现实主义风潮的兴起。2004 年，曹征路的中篇小说《那儿》的发表"从而引起了'底层写作'的提出与一系列社会问题、文学问题的讨论"❶。李云雷认为"这个小说……是这一时期最具代表性的现实主义力作。它不仅揭示了重大现实问题，而且在艺术上颇有力量，能给人以强烈的震撼"❷。"底层"本是源于社会学的概念，最初由意大利共产党的创始人葛兰西在《狱中札记》中提及，被认定是被排除在欧洲主流社会之外处于被统治地位的社会群体。后在《当代中国社会阶层研究报告》中，陆学艺将中国社会十大阶层中对组织资源、经济资源和文化资源占有量极少的社会群体认定为"底层"。2000 年以来，"底层书写"作为一股迅猛的文学力量进入公共领域，出现了《霓虹》《命案高悬》《泥鳅》等为代表的一系列作品。在本质上，"底层文学"是对现实主义的继承。在更深层的意义上，我们可以认为，"底层文学"是以对特定人群的共情之意与怜悯之心，对现实秉承一种批判及反思的态度。

现实的复杂性给作家提供了广阔的创作空间，并决定了现实主义作品的丰富性。中国当代现实主义文学以即时、真实的书写为当下提供了现实性、全景式的扫描，并使文学在一定程度上参与公共事务。同时，随着现实的变化，作为镜像的现实

---

❶ 雷达. 近三十年中国文学主潮［M］. 兰州：兰州大学出版社，2009：283.

❷ 李云雷. 新世纪文学中的"底层文学"论纲［J］. 文艺争鸣，2010 (6)：27.

主义作品也随之呈现出相应的不同面貌。因而，李国文认为：
"如果写出了这一份活蹦乱跳的中国，即使速朽，又有何妨？"❶
正是以对现实主义传统的沿袭，才使得中国当代文学得以不断
地进入大众视野和公共讨论的领域。这也是一种难能可贵的契
机，使文学能够以思想关照的方式对社会和现实进行思索、质
疑和挑战，并以对万千民众群体及生存环境的体察和洞见，呈
现出对存在理想的追问和质询；这还是一种特定的活力，使文
学得以承载记忆并传承历史，并在一定程度上呼应了文学的时
代担当。总而言之，中国当代文学的现实主义传承虽然时时常
新，却从未真正地缺席过。未来，我们坚信，中国当代文学对
现实主义的传承会更加地日久常新。或可期待，借由与现实主
义的完美融合，中国当代文学终将实现向"高峰"的攀登。

　　刘庆邦一直以坚定的民间立场钟情于乡土和煤矿题材，因
而他的小说创作也一直洋溢着现实主义的精神。以现实主义作
为一个重要的参照系，将刘庆邦的小说作品视为"泛文本"的
整体进行梳理，可以从更具特殊意义的层面中发现并体味出刘
庆邦认识和表现世界的多重立场。首先，现实主义作为刘庆邦
关注人民内部自身精神、物质矛盾的固定视角，代表着积极生
活的美好愿景与消极惰力的本性弱点之间的冲突；其次，现实
主义也为刘庆邦的小说提供了一种超越时代局限的视角，使其
在历史的发展中呈现出意义。

　　当前，诸多当代作家都以对传统写作的敬意或以从极端文
学实验中的撤离来表达从"写什么"到"怎么写"的思考。在
这样的文学背景下，我们对刘庆邦现实主义写作的考察就具备

---

❶　李国文.《当代》的当代性［J］. 当代, 1999（3）：7-8.

了深长的意味。毕竟，在整个文学界都在思考以什么样的写作方式"重返现实主义"之时，刘庆邦早以四十余年的写作实践践行了现实主义写作的真正诉求。毕竟，一直以来，从未趋时的刘庆邦始终将现实主义作为一种命运的选择，所以他才能一直安然地居于文学的边缘之地，进行着淡泊、沉潜、自在而又诚恳的小说写作……对于刘庆邦而言，现实主义既是一种创作方法，也是一种创作原则。从亲历到发现，刘庆邦一直创作、丰富，并深入着文学中的现实主义。于是，从现实主义视角，我们可以发现刘庆邦写作中的深意以及其间复杂的存在。

刘庆邦信守现实主义的创作原则，以日常为现实的立足点，用"工笔描写"来表达对现实的"总体认知"及精准还原。

故乡是刘庆邦写作发生的缘起，更是他执着写作从未须臾离开过的场域。以故乡为地理原点，刘庆邦表现了地缘、社会、历史等种种力量的因缘交汇。毕竟，"无论历史时间还是传记和日常生活时间，它们那些具体可见的特征，都浓缩、凝聚在这里；与此同时，它们相互间又紧密交织，汇合成时代的统一标志。时代于是变成了具体可见的东西，变成了清晰的情节。"❶在刘庆邦的小说中，现实主义因素是一种充满活力的存在。因而，以生活细节流的表达，刘庆邦不仅呈现了生活及时代的质感，还重构了历史的存在。通过对社会万象百科全书式的展示，刘庆邦深入了现实的肌理。

刘庆邦一直认为小说中现实主义表达的首要原则是凝视与关注。在众多凝视与关注的表现手法中，刘庆邦最偏爱以细节

---

❶ ［苏联］巴赫金. 小说理论［M］. 白春仁，晓河，译. 石家庄：河北教育出版社，1998：448.

的力量来表达生活的诗学。刘庆邦是一个察微知著的作家。具有敏锐洞察力的他认为"细节是一篇小说真正的胎记，小说与小说之间的差别也体现在细节上"❶。因而，刘庆邦常以对日常生活细节的专注和描摹来发现并呈现现实的真实。在刘庆邦的观念中：小说是一种美学现象，是"一种发现美、表现美的过程"❷，而细节之美就是其中点睛的一种，是那"满树的繁花"❸。神妙细节的运用不仅体现了刘庆邦驾驭文字的功力，还成为品味刘庆邦绝妙构思和深刻思考的绝佳途径。

在刘庆邦的小说中，细节首先是创造身临其境艺术氛围的巧妙手法。在这种意义上，细节成为建构小说的基础。毕竟，许多现实中真实存在的细节才是小说中最具价值的存在。与此同时，细节也是作者气息的标识，成为区分作品风格的关键。因而，我们从细节出发就能感知刘庆邦小说独特的现实主义质感。

在众多细节的处理中，刘庆邦尤其偏爱表达民间风俗的独特韵味。文学史上一直有通过风俗细节介入现实描写的先例。巴尔扎克即将他的《人间喜剧》称为《风俗研究》。巴尔扎克认为，对风俗的研究就是对整个社会实际生活的再现。虽然刘庆邦书写的生活尚不能达到巴尔扎克笔下的深广，但在品味刘庆邦小说的过程中，我们仍能够透过那无数的繁杂看到世相的万千。刘庆邦认为"世界是以细节的形式存在的，我们看世界，主要是看细节。我们捕捉到了细节，就看到了世界……任何情

---

❶ 刘庆邦.风中的竹林［M］.北京：求真出版社，2012：1-2.
❷ 刘庆邦.细节之美［J］.时代报告，2018（10）：54.
❸ 刘庆邦.细节之美［J］.时代报告，2018（10）：58.

节都是可以想象的，细节才是自己所独有的"❶。刘庆邦小说主
要集中在乡土及矿井间。以这两种空间为背景，刘庆邦恣意地
描摹细节，并以卓越的现实主义表达安置了他对现实及历史的
全部理解。细致入微的描摹令繁杂的世相呈现为刘庆邦笔下那
处处鲜活、有力、充满张力的细节。有时他描摹的是环境：小
说《清汤面》以 216 字的篇幅细致刻画了矿上从生产区到生活
区长达三里的一条街。这条街是矿上的一条商业街，里面拥有
矿工日常生活中的一切所需，有吃的、有玩的，有生活必需的，
也有娱乐放松的。有时他描摹的是民俗：在小说《远足》中，
刘庆邦以细致的笔墨描摹了从正月初二开始，乡下人走亲戚的
民俗。这是民间的盛会，走亲戚的人很多：有年轻的母亲，有
青壮的少年，也有花甲的老人……他们都穿着崭新的衣服，"系
着新围巾，或戴着新帽子。他们挎着的竹篮子里，盛的不是馒
头、炸麻花等食物，就是祭祀用的米黄色草纸"❷。有时他描摹
的是人性：《到城里去》中的宋家银悭吝成性，谨小慎微地防备
着身边所有的人。在她离家赴京去寻找丈夫时，也不忘对照看
家宅的公婆处处提防，"宋家银把家托给公爹看管，只身到北京
去了。她没有把家托给婆婆，她怕婆婆趁机挖她家的麦，卖她
的粮食。尽管如此，她还是在麦苪子里埋了几个鸡蛋，给麦子
做了记号"❸。有时他描摹的是内心的情境：《黑庄稼》中的婆
婆在重返家乡的时候，发现自己的家已经破败了，屋里的一切
都生锈了，"灶屋里除了瓦碗没有生锈，凡是沾铁的炊具都锈迹

❶ 刘庆邦. 风中的竹林 [M]. 北京：求真出版社，2012：1-2.
❷ 刘庆邦. 红围巾 [M]. 济南：济南出版社，2017：1.
❸ 刘庆邦. 黄花绣 [M]. 北京：作家出版社，2009：127.

斑斑。放在案板上的那把菜刀，生锈生得像是得了浮肿病，锈末子落在案板上，如爬了一层黄蚂蚁"❶。这种残旧正如全家人在亲人苗壮壮矿难去世后的心情一般破败不堪。春种秋收、婚丧嫁娶、采矿通渠……刘庆邦所追求的正是"把一篇小说拆开来看，每一个细节都是独立完整，有着画面般的效果"❷。刘庆邦或以工笔细描"定格"生活片刻，或以简笔勾勒"闪现"人生段落，以现实中种种"陌生化"的呈现，我们不仅能够看到刘庆邦笔下的民俗、风土及人情，更能发现历史、文化及传承。进而通过这些细节的深入，我们亦能体会到刘庆邦对当下、社会、历史等存在的情感及对价值理想的构建。

刘庆邦笔下的细节描摹往往具有勾骨画魂的能力，能够巧妙地凸显小说的立意并点燃主题。独具匠心的细节描写不仅能够带动整篇小说的布局谋篇，也能体现出作者对写作的把握及对情节提炼的精致取舍与不断推敲。刘庆邦笔下的细节往往貌不惊人，却能以简单的一句话、一个动作或一处景物来凸显主题的冷峻或构思的巧妙。刘庆邦正是以这样充满才情的笔触为我们描摹了一个个平常而又不凡的细节。谢有顺说过，"真正有价值的写作是那种不断地靠近心灵，靠近心灵中神圣的部分的写作"。❸刘庆邦正是以对现实中独具魅力的生活细节的运用使作品具备了触及心灵的力量。《黑白男女》中老矿工周天杰脸上的煤癍，《白煤》中遇难无名矿工安全帽里写满的未婚妻的名字，《鞋》中守明拿着鞋底贴向胸口时想入非非的错觉……这些

---

❶ 刘庆邦. 卧底 [M]. 成都：四川文艺出版社，2007：66.
❷ 刘庆邦. 风中的竹林 [M]. 北京：求真出版社，2012：3.
❸ 谢有顺. 活在真实中 [M]. 北京：中国电影出版社，2001：368.

作品均以生活中的细微之处呈现了繁杂世相中触及人心的种种力量。《神木》结尾处由细节构成的反转尤其让人难忘，"王凤没有跟窑主说王明君是他的亲二叔，他把在窑底看到的一切都跟窑主说了，说的全部是实话。他还说，他的真名叫元凤鸣。窑主只给了元凤鸣一点回家的路费，就打发元凤鸣回家去了。"❶在某种意义上，《神木》全文对人性极恶的渲染只是为了铺垫"窑主只给了元凤鸣一点回家的路费"这平淡的一笔。刘庆邦竭力表达的正是世间对恶的漠视、习惯甚至沿袭。

有时，刘庆邦笔下的细节还是一种高明的技法，用以隐藏暗示，触发弦外之音。在小说《男人的哭》中，张君和收到了一封信口密闭、厚墩墩的来信。厚重的书信开启了尘封十余年的往事，隐藏着两个陌生人心中最深隐的情感和最深刻的歉意。《黑庄稼》中把丧失亲人的一家人强行凝聚在一起的力量，其实是用苗壮壮的生命换来的十万元抚恤金。但这十万元已经随着"保管者"苗心金的投资失败烟消云散了。随着这十万元的消失，牵绊着这名不符实一家人的制约已然荡然无存。这个留有余味的细节使得整个故事的未来既耐人揣测又蕴含了浓浓的悲哀。在很大程度上，文学的乐趣在于对文字含英咀华的反复品读。那么，伴随着小说中这类生活细节流深藏不露地展示与反复提及，我们会不约而同地跟随着刘庆邦的思路一路前行，并逐步品味出主题的深刻。那么，在刘庆邦小说中，弦外之音的留存才是小说真正的韵味所在。通过对生活细节流的留意捕捉，我们最终能够获得"别有一番滋味在心头"的独特审美感受。

---

❶ 刘庆邦. 黄花绣 [M]. 北京：作家出版社，2009：77.

　　其实，刘庆邦小说中最直观的现实主义特征来自鲜明、灵动、充满内在力量的人物群像。人物是刘庆邦触摸存在、表达历史、书写生活的基础。如同吴尔夫品评现实主义经典时最由衷的评价那样，"重点永远放在人物性格"❶。因而，传统的现实主义小说尤为注重反映特定社会环境中变化的人物性格特征及其命运走向，并遵循"典型环境中的典型人物"原则。以这样的传统，刘庆邦以一系列血肉充盈、饱满自足的人物形象使自己的小说作品充满了鲜活的现实气息。在刻画、深描人物的时候，刘庆邦尤为重视人物所处的位置。他往往将人物放置于特定的关系网络之中，以陌生化的超越或凝视对凡俗众人进行个性化的表达，呈现出作为个体的每个人的生活境遇及精神流变。因而，就人物的刻画而言，刘庆邦不仅继承了传统现实主义的表现手法，而且表现出更多的超越。

　　刘庆邦以精准的文学表现侧重于对"人"的回归：对成长充满恐惧的毛信、被誉为中国最后一位乡绅的房国春、经历了人生第一次远足的少年金生……他笔下的人物往往因某种个性而醒目乃至耀眼。这些人物身上也经常闪现出让人难忘的与现实的种种重合。具体而言，他笔下的人物是对习以为常认知的超越，并同我们身处其间的生活一样拥有不可穷尽的纵深与丰富。这些人物身上负载的是刘庆邦对人生及世界的观察、理解及认知。在这种意义上，品读刘庆邦笔下的人物，我们会发现他热爱的、摒弃的、推崇的以及追思的一切。

　　刘庆邦小说中的人物往往是复杂与矛盾的结合体。为了呈现人物自有的复杂存在性，刘庆邦常常将人物放置于一个错综

---

❶　［英］吴尔夫. 普通读者［M］. 北京：人民文学出版社，2003：115.

复杂的关系网络中进行故事的讲述。长篇小说《黑白男女》中的老矿工周天杰就是刘庆邦以错综复杂情境塑造的典型人物。小说以一场重大的矿难开篇，周天杰的独生爱子周启帆在这次矿难中不幸罹难，整个家庭因此失去了往昔的平衡，陷入了无助的风雨飘零。为了支撑住濒临破碎的家，周天杰在老伴、儿媳、孙子之间竭力支撑，"他像是在独奏、独唱，又像是在跳个人舞，在演独角戏。没人配合他，没人为他喝彩，甚至连喝倒彩的都没有，只有他一个人唱来唱去，跳来跳去。"❶刘庆邦在塑造人物时一直遵循着现实主义的原则，即通过特定的社会环境反映特定人物的命运和性格特征等方面的变化。作为"钻了三十多年黑窟窿"的老矿工，周天杰身上留存着煤矿艰辛生活的种种印记，那就是深深烙印在脸上的煤癣和隐藏在身体内部黝黑的"煤肺"。残酷的生存环境没有摧毁周天杰，但儿子的丧生几乎摧毁了周天杰的全部生命力。对于矿工而言，矿难是更深层的悲剧。矿难不仅能够夺走人的生命，而且给遇难矿工的整个家族造成灾难性的摧毁和打击。当过三十余年矿工的经历与晚年痛失独子的惨痛构成了周天杰这个人物立体而丰富的前史。刘庆邦以这重重复杂的关系构建了周天杰历经磨难却从未倒下的强韧生命力与顽强意志。高贵的生命姿态正是人生价值的呈现。

在塑造人物时，刘庆邦从未局限于现实主义的艺术手法，而以更多的尝试对人物的个性进行了淋漓尽致的呈现。刘庆邦比较偏爱使用心理描写对人物进行凝视，比如梅妞为小羊喂奶时的扭捏和战栗、守明拿到聘礼时的羞涩与喜悦、改帮助妈妈

---

❶ 刘庆邦. 黑白男女 [M]. 上海：上海文艺出版社，2015：61.

攘水时的柔韧与顽强……不经意间的心理描写往往成为人物个性表达时的亮色，从而让人物的形象更加立体，更加丰富。《神木》中宋金明和唐朝阳为点子遗留下来的鞋而进行的斗智、《哑炮》中江水君对乔新枝的执念、《到城里去》中宋家银的虚荣等都是这样的神来之笔。这些描述不仅更加真实地呈现了人物的存在，也在一定程度上推动了情节的发展。众所周知，人物的内心世界是不可见的，也是不可感的。通过这样的处理，作者就能够使人物的内心世界以一种陌生化的方式游离于人物之外，让读者得以近距离地触碰人物的心理世界，并以更真切的共情感受人物的悲欢与喜乐。《哑炮》中江水君发现哑炮时复杂的内心就是通过这样的方式被读者所感知的。江水君将宋春来与哑炮留在一起时，"他跟宋春来打了招呼，说他肚子不太舒服，出去埋个地雷。埋个地雷的说法使他暗自吃了一惊，仿佛说者说时还是无意。听者一听就有了意。"❶ 此处的"地雷"语义双关，而江水君自己的暗自吃了一惊则是人物深隐的人性之善的显现。正是人物本性深处固有的善恶是非观使得江水君在未来的岁月中一直因宋春来的惨死而愧疚不已，生活在深重的痛苦中。对人物内心世界的关注，是刘庆邦塑造人物时对现实主义手法的一种全新尝试，他以从宏观到微观的凝视超越了现实主义小说塑造人物的传统。刘庆邦选择以人物性格出发不断地生成人物，并将人物"内在"为真实的存在。江水君此处的"一惊"就是内心善意与人性恶意间的博弈，也是他为此负疚一生的开始。简言之，若没有此处对江水君心理的刻骨描写，小说《哑炮》也就没有继续发展的余地了。这样的神来之笔在刘庆邦

---

❶　刘庆邦. 黄花绣［M］. 北京：作家出版社，2009：162.

的小说中比比皆是。通过心理描写呈现人物不仅是凸显人物个性的巧妙方法，也更符合现实生活中人物性格呈现、发展的真实规律。

艺术之间本就存在互通的规律，因而，其他艺术形式也为现实主义文学的发展提供了经验上的借鉴。在继承现实主义的道路上，刘庆邦以"工笔细描"的方式对生活和时代进行凝望及精准的还原；同时，他也以自己独特的方式进行现实主义的书写，以陌生化技巧的注入使小说文本呈现出更为具象的人文精神。刘庆邦的小说也因此具备了更为触动人心的生命力量。

刘庆邦对现实主义手法的超越主要体现为创作中新元素的加入。首先，在艺术手法上，为了更加真切地表达对人物的内心及特定环境的感受，刘庆邦尝试了浪漫或象征的手法，即以某些诗化的抒情对现实主义表达进行补充。当小说《遍地白花》中的女作家回想起记忆中的荞麦花地时，小说是这样描写的："她感到奇怪的是，到了荞麦花的花地里，连蜜蜂和蝴蝶似乎都变成了白的，蜜蜂成了银蜜蜂，蝴蝶成了银蝶子。她晚间也去看过荞麦花。晚间很黑，没有月亮。不过，她一点也不害怕，因为满地的白花老远就看见了。她看着前面的光明，不知不觉就走进了花地里。"● 步入光明是一种非现实的象征的描写手法。刘庆邦以这样的笔触重现了女画家最美好的回忆，恍如仙境的环境正是女画家心中最珍藏的美好，这样的写法比直白的描摹更能让读者体会出人物的感觉和情绪。浪漫的笔法在刘庆邦的现实写作中并不少见，《谁家的小姑娘》的结尾也是如此："不

● 刘庆邦. 红围巾 [M]. 济南：济南出版社，2017：51.

知改是从哪儿来的力气，她真的把水高扬起来撺到土堰外面去了。积水在脚下是浑黄的，一扬起来就变成了雪白的。阳光从开裂的云缝中投射下来，照在改连续扬洒在空中的水花上，焕发出一种七彩的光，缤纷而绚丽。"❶ 就情境而言，刘庆邦描摹的是幼年丧父的改在生活的艰辛中一日长大的故事。在天灾面前，改从一个羸弱的孩子迅速成长成为能够支撑弱母幼弟的强大力量。这个撺水的动作是具体、真实的，对它的描述也本应该是契合现实主义精神的，可借助"七彩的光""缤纷而绚丽"等优美的笔触及文字间寄托的诗化情感，刘庆邦在这个弱质少女的身上，以浪漫主义的情怀寄托了最深沉的情感及最美好的祈愿。

刘庆邦还将诗歌写作中回旋反复的笔法及其感染力量挪移到小说的现实写作中。朱自清说："诗的特性似乎就在回环复沓，所谓兜圈子；说来说去，只说那一点儿。复沓不是为了要说得少，是为了要说得少而强烈些。"❷ 刘庆邦以回旋反复的技法追求的不但是情绪表达的强烈，更是以特意使用的复沓获得重温故事的枢机。刘庆邦小说中经常出现回旋反复的手法。有时是细节，小说《回娘家》和小说《空屋》都描写了农村盖房不断地蚕食耕地，使人的居所日益向墓地接近，其中的两处细节描写几乎呈现出相同的韵味。《回娘家》中，"不过十几年功夫，村子像摊煎饼一样，越摊越大，以致把阳宅摊到阴宅，人住的地方和鬼住的地方越来越接近"❸；《空屋》中，"有的房子

❶ 刘庆邦. 红围巾 [M]. 济南：济南出版社，2017：156.
❷ 朱自清. 新诗杂话 [M]. 北京：生活·读书·新知三联书店，1984：103.
❸ 刘庆邦. 清汤面 [M]. 上海：上海文艺出版社，2015：182.

盖得几乎挨到了坟地。房子再盖下去，活人和死人住的地方就分不清了"❶。有时是情节：《黑白男女》与《黑庄稼》中矿难的遗孀王俊鸟和宋晓娜都因小时候得过脑膜炎而智商不足，因而她们两人都在丈夫遇难后饱尝了人世间无处不在的欺凌。有时是题材：《夜色》与《春天的仪式》都描述了乡村女子在订婚后对另一半想念时的惆怅。在表面看来，小说写作中的回旋反复不过是作家针对写作相似题材的重复吟唱。但通过文本间的深入比较，我们就会发现，通过相互间的作用，平行的两者或几者之间往往会生发出"异"的价值，比如，《鞋》中那个人以送回鞋进行的退婚、《鞋》"后记"中刘庆邦充满懊悔地回忆了自己其实就是悔婚的那个人的经历、《西风芦花》中"我"则在多年后表达了对"退鞋"举动的忏悔……相同元素的交汇，不仅使小说故事的发展得以更加完善，也使情节的演进无限地逼近真实；同时，不同故事间情绪的交融，也会以情感共通的形式唤起读者对小说内容的共情，使作品具有了余音绕梁的韵味，进一步强化了刘庆邦文字中的诗意呈现及情感纵深。

鲁迅在翻译《苦闷的象征》时，以对作者厨川白村的赞同，提出了自己的现实主义文学创作观念，那就是"文艺只要能够对于那时代那社会尽量地极深地挖掘进去，描写出来……（而且）如果能够描写现在，深深的彻到核仁，达到常人凡俗的目所不及的深处，这同时也就是对于未来的大的启示的预言"❷。就创作主张而言，刘庆邦继承的是鲁迅现实主义的创作原则。刘庆邦的现实主义表达正是"时代和社会的诚实的反映"及对

❶ 刘庆邦. 神木［M］. 北京：北京十月文艺出版社，2015：32.
❷ 鲁迅. 鲁迅全集（十三卷）［M］. 北京：光明日报出版社，2012：219.

"未来的预言的使命"的综合。同时，刘庆邦也以自己的持续创作表达了对现实主义的坚守。他曾说过，"在创作上，我无需更多的主义，能把现实主义的路子走到底就算不错了"❶。

---

❶ 刘庆邦. 我始终关注普通民众的生存状态 [N]. 文学报，2017-05-19 (3).

第二章

生命的忧思：本土经验的具象书写

　　从 1978 年发表处女作《棉纱白生生》至今，在四十余年的持续写作中，刘庆邦已然创作出四百余万字的小说作品。在这些文字中，我们不仅能够看到刘庆邦对现实主义传统的继承和超越，还能够看到他以沉厚、隽永的民间叙事对自己文学世界的坚守。在刘庆邦的小说世界中，我们可以看到铺陈在"现实"容器中的巨大张力、可以在死之冷冽与生之凝视中发现广阔而细致的人生、可以在酷烈的针砭与柔美的礼赞中见证人性，也可以在时代的发展与历史的厚重中表达现代意义的乡愁……可以说，在刘庆邦广阔而深刻的文学表达维度中，他的文字选择与作品呈现一直是丰富而多姿的，而他小说的主题一直保持着对恒久的坚持。那就是在本土经验的忧思中，以生命迁衍中的死亡、人性、乡土等种种具象的书写来表达对生活的"倾向性的介入"，这正是刘庆邦以酷烈和柔美重构世界过程中永恒的不变之维。在这些主题的蜿蜒行进间，我们可以品味个体经验的细腻与纯粹，发现直抵心灵的虔诚与率真，感受面向存在的哀伤与怜悯……对这些主题的坚守才使刘庆邦能够不趋势、不趋时地安享于写作的静寂，并超脱于时尚的文学浪潮及种种炒作、争执之外，最终得以安然自得地静享文字之乐。

　　以时代生活为素材，借助死亡、人性、乡土等种种生命哲学迁衍中的具象书写，刘庆邦表达着本土经验中独具的忧思。不同的主题是作者对民族存在由表及里的自省、由外显及深隐的推演。在种种生命的忧思之中，我们可以发现刘庆邦对社会人生不断深入地发现及思维落点的转移。因而，凭借主题的丰厚和分化，从简单而复杂、从应然而已然、从朦胧而自觉，我们能够看见刘庆邦对世界的理知、对艺术的独到，以及小说创作技法的纯熟。与此同时，在刘庆邦所惯常表达的主题之间，还存在彼此渗透、交叉重叠的相互演进关系。刘庆邦小说中每一个新出现的主题，几乎都积淀着此前主题衍生而来的种种发现。经由细致的品味，我们得以了解刘庆邦所关注的种种主题，它们不是那些最尖锐的，也不属于那些最激进的，却是遍及社会生活种种角度的。它们不以"干预"却以"提醒"生活为目的，表达出高度的社会责任感及无可指摘的真实性。刘庆邦小说的真正意义其实正源于这些来自生命本身的深刻。同样，这些源于生命本身的种种具象书写也使刘庆邦的小说在重温物质存在及内在精神的过程中获得了更多理性的思辨意义。

一、死与生：生命状态的宽柔表达

死与生的书写是文学探索的永恒主题之一，它既事关人类难以穷尽的哲学思考，又是尽显艺术无穷魅力的所在。古往今来，无数文学作品一方面以生命、生存以及生活对"生"的世界进行着无尽的表达；另一方面，也不断地引导着人们去关注生命极限之外的"死"的世界。在轻描或浓墨的种种艺术表达中，以对死与生的情有独钟，文学往往以思维个性与艺术精神的异同来表达对人生不同进程的思考。

文学中的"死亡"主题往往与其他维度的表达相伴而生。比如，死亡是塑造英雄时最常见，也是最鲜明的艺术手法之一。英雄们往往不惧怕死亡的到来，甚至把死亡视为一种荣耀。在很多情况下，死亡才是铸就英雄的永恒捷径。《荷马史诗》中攻

击特洛伊的古希腊英雄阿喀琉斯就是这一类型的典型代表。英
雄与死亡的抗争也成为一种经典的文学情怀，开创了文学崇尚
死亡的传统。后来，这一传统在战争文学中得到了恒久的表达。
死亡还是构成悲剧情境的重要组成。莎士比亚悲剧中最突出的
命题就是通过生命的毁灭传达的。哈姆雷特对死亡心甘情愿的
拥抱是建立整部戏剧悲剧力量的关键。死亡还往往作为陪衬的
力量用以表达爱情的忠贞及伟大。我国的古典名著《牡丹亭》，
西方文学经典中的《罗密欧与朱丽叶》等都是以死亡的对比来
抒发爱情的伟大……

在我国源远流长的文化习惯中，一直将死亡及关于死亡的
表达视为禁忌。这是中国几千年来重生轻死的生命态度使然，
也是中国主流文化的潜在成规。孔子在《论语·先进》中就曾
提出过"未知生，焉知死"的生存哲学。这些历尽千年的文化
传统使中国人在心理结构的深层形成了避讳死亡的集体无意识。
进而，我国的文艺创作也将对死亡的思考认定为一种不言自明
的禁忌。因而，中国文学中对死亡的描写大多遵循着特定的原
则，即从价值凸显的角度表达死亡。孔子所说的"朝闻道，夕
死可矣"与墨家认可的"舍身取义"都是以价值的实现对死亡
事实的认可。因而，中国文学中最常见的死亡表达往往是从道
德、家国、伦理等角度对死亡进行的悲剧性论述。

中国当代文学对死亡的表达已经超越了以价值认识死亡的
传统，出现了大量直面死亡、寻找死亡意义或死亡归属的作品：
余华以《第七天》对死亡进行了酷烈的直面、阎连科在《我与
父辈》中以恐惧书写了死亡的神秘、翟永明在《静安庄》中表
达了死亡气息的弥漫……在长久的禁忌和限制书写之后，对死
亡的描述仿佛成为一种难以拒绝的诱惑，以有形或无形的牵引，

引发出无数不约而同的言说。

刘庆邦对死亡的关注由来已久，他更关注的是死亡的冷冽与生命意识的张扬，以及通过死亡的书写来关注更广阔的现实和人生。最终，以生命表达的张扬，刘庆邦追求的其实是一种超越死亡的期冀。

死亡是文学表达中至关重要的符码，毕竟，"所有讲故事的人都是在死亡的阴影下讲话"❶。刘庆邦对死亡的书写虽不丰厚却绵延而富有张力。他从未将死亡作为简单的图像式重现，而是将其呈现为庞德所说的"在瞬间呈现出来的理智与情感的复杂经验"❷，用以形成自身对世界、对存在的深刻体验以及形而上的深思。在文字的流动中，刘庆邦以独特的视角、深入的体验以及思考的艺术建构了一个不同以往的死亡世界，开创了死亡言说的又一番天地。刘庆邦小说以死亡为主题的叙述主要有两大类：作为仪式展示的死亡和作为情节构成的死亡。

刘庆邦小说中的许多死亡往往只是人生存在的一个片段、一个过程或一种状态。刘庆邦以文学为媒介感受死亡，思考死亡，进而书写出一系列棱角分明、富有力度的死亡。有时死亡呈现得极为惨烈：在小说《哑炮》中以一个"揭"字就直观而形象地呈现了宋春来因遭受到哑炮的强烈冲击而惨死的酷烈。"（哑炮）它把个子不太高的宋春来炸到采空区里去了。采空区里都是放顶放下来的石头，那些石头犬牙交错，层层叠加，每一块石头都比一盘石磨大。哑炮巨大的冲击力把宋春来贴到了

---

❶ ［美］J. 希利斯·米勒. 解读叙事［M］. 申丹，译. 北京：北京大学出版社，2002：226.

❷ 汪耀进. 意象批评［M］. 成都：四川文艺出版社，1985：5.

石头上，班里的人都不敢进采空区去揭。等矿上的救护员赶来，才把可怜的宋春来揭了下来。"❶ 有时是对死亡降临时刻的细致描摹：《神木》以极致的笔墨重现了唐朝霞遇害时些许无力的挣扎，"点子唐朝霞没有喊叫，也没有发出呻吟，他无声无息地就把嘴巴啃在他刚才刨出的黑煤上了。他尽力想把脸侧转过来，看一看究竟发生了什么事，但他的努力失败了。他的脸像被焊在煤窝里一样，怎么也转不动。还有他的腿，大概想往前爬，但他一蹬，脚尖那一滑。他的腿也帮不了他的忙了。紧接着，唐朝阳在他'哥哥'头上补充似地击打了第二镐，第三镐，第四镐。当唐朝阳打下第二镐时，唐朝霞竟反弹似地往前蹿了一下，蹿得有一尺多远，可把唐朝阳和宋金明吓坏了。不过他们很快发现，这不过是唐朝霞在作垂死挣扎，连第三镐，第四镐都是多余。因为唐朝霞在蹿过之后，腿杆子就抖索着往直里伸，当直得不能再直，突然间就不动了"。❷ 在"啃""蹬""滑""蹿""抖索""直""不动"等一系列动作之后，又一条无辜的生命在阴暗的煤矿中无声地逝去了。有时只是平静地陈述了死亡悄无声息地突如其来，"爹从小害耳病，害得耳朵有些背。车发动了，别人都上了车，一个同村的老乡大声喊他，他才赶紧跑着去上车。就在这时候，一辆大卡车开过来，撞在爹的肚子上，把爹撞出好远，迎面倒下了。爹的第一个反应是保护他的鞋，伸手嚷着：'我的鞋！我的鞋！'他的鞋从脚上掉了下来，而打工数月挣的几百块钱都在鞋壳儿里藏着。有人把鞋拣起来递给他。他看着钱还在，就穿上鞋，爬起来上了大客车。车开

❶ 刘庆邦. 黄花绣［M］. 北京：作家出版社，2009：168.
❷ 刘庆邦. 黄花绣［M］. 北京：作家出版社，2009：23.

了一会儿，他觉得肚子里不大得劲，光想呕吐。他以为自己晕车了，把肚子里往上翻的东西使劲往下压，不让肚子里的东西吐出来。他怕影响车上的公共卫生，怕司机不高兴。后来实在压不住，脖子一伸吐了出来。他吐得不是什么污物，而是大口大口的鲜血。他觉得不好，喊了一声'救命啊'，就倒在血泊中，晕了过去"。❶ 无论惨烈还是突然，刘庆邦描述死亡过程的笔触都是淡然的。但他对死亡的描述越轻描淡写，死亡背后的意义就显得越发厚重。生命如此珍贵，而刘庆邦笔下生命的逝去竟如此的简单、如此的轻易。费尔巴哈说过，死是生命的最后表露，是完成了的生命。刘庆邦不仅再现了死亡的形态，还铺陈了民间死亡祭奠的方式。在《葬礼》中我们看到了哭丧、摔盆、打旗幡等丧葬风俗，在《黑庄稼》中我们看到拦棺、哭坟等寄托哀思的民间传统，在《后事》中我们看到了死亡在自然循环之外被赋予的深层含义……以种种不同的表述，刘庆邦笔下的死亡成为一种极具仪式化的存在。无论酷烈还是平静，死亡都是自然进程中必然的存在，是生命得以循环的进程。刘庆邦《响器》中如是淡然地写道："庄稼收割了，粮食入仓了，大地沉静了，他就老了，死了。他的死是顺乎自然的。"❷

有时，刘庆邦还将死亡设置为情节的框架或故事的背景用以展开叙事。在这一层面死亡主题的表达中，死亡书写成为刘庆邦面向现实扩容的一种手段。在死亡意味的延伸中，刘庆邦引领读者穿越人性、勘透世情，以极致的书写来呈现现实中的种种不堪与温情。

---

❶ 刘庆邦 . 黄花绣 [M]. 北京：作家出版社，2009：318-319.
❷ 刘庆邦 . 黄花绣 [M]. 北京：作家出版社，2009：291.

　　在死亡的情节框架中，刘庆邦以平淡的笔触道出了满纸触目惊心的死亡："改的二叔给城里人盖高楼，从脚手架上掉下来摔死了"（《谁家小姑娘》）、"弟弟外出打工，淹死在煤窑里"（《摸刀》）、"村里已经有三个年轻人相继死在矿上"（《相遇》）……刘庆邦将死亡视为罗兰·巴特所说的"充满象征物的一扇门"❶，而在死亡面前留存的思考才是他试图表达的深刻所在。死亡的主题是刘庆邦面向广阔现实时的一种维度，因而，刘庆邦通过死亡呈现的是死亡的回响，是向死而生的超越。

　　《黑庄稼》《黑白男女》都是以死亡为背景展开的叙事，分别描述了遭遇矿难之后，遇难矿工家庭面临的生活及情感重建，是对死亡回响的阐述。煤矿不得不与灾难相联系，而煤矿中各种大大小小的灾难：冒顶、透水、瓦斯爆炸等都会将煤矿工人带向死亡。车尔尼雪夫斯基说过："无论人的苦难和死亡是偶然还是必然，苦难和死亡反正总是可怕的。"❷造成大面积死亡的矿难无疑是矿工面临苦难中最为沉重的一种。对矿难之后的描述是刘庆邦由来已久的理想。1996年5月，在平顶山瓦斯爆炸事故发生后的第二天，身为《中国煤炭报》记者的刘庆邦就曾奔赴现场进行采访。在那场惨烈的矿难中，平顶山煤矿一共有84名矿工在事故中丧生。在采访中，刘庆邦的主要观察对象是工亡矿工的家属们。身处家属们巨大的悲痛中，刘庆邦写出了一篇约两万字的报告文学作品《生命悲悯》。通过这部作品，刘庆邦想让更多的人知道，一个矿工的遇难所造成的痛苦是深刻

❶　[法]罗兰·巴特.S/Z[M].屠友祥，译.上海：上海人民出版社，2000：232.
❷　[俄]尼古拉·车尔尼雪夫斯基.生活与美学[M].周扬，译.北京：人民文学出版社，1957：33.

的、久远的。

在煤矿矿难的故事背景之下，《黑庄稼》《黑白男女》这两部小说弃大就小，以近乎停滞的笔墨对平凡而琐碎的生活场景和人际往来进行讲述。刘庆邦将家庭视为"延伸意义上的矿井"，他认为矿难虽在一瞬间结束，但其留下的悲痛和损失是恒久的、不易消散的。任何一起矿难事故对生命造成的痛苦、引发的精神悲哀都是广泛而久远的。因而，小说《黑白男女》围绕矿井及矿井的延伸，以民间烟火气息的集结，在生与死的隔绝中，关注普通民众的生存状态。小说中处处充斥着因亲人的骤然离去而无处不在的悲痛：周天杰饱含心酸却竭力营造欢快气氛的努力、卫君梅自强自爱顶住各种凌辱的奋力、蒋妈妈在失去亲人的巨大痛楚中却仍能够关照他人的人间大爱……在这些丧失亲人的普通人努力求存的故事中，刘庆邦最大程度伸展的其实是活着的人们的痛苦、无奈、喜乐与尊严。

面对矿难这样惨烈的现实，刘庆邦并没有沉浸在对苦难表层的淋漓书写和宣泄中。他反其道行之，以死亡阴云的笼罩来表达对生者的关注，细致描写了普通矿工家属们失去亲人之后的艰辛生活和为生存所进行的种种抉择和努力。在悲苦的日子中，丧失了亲人的矿工家属们一面要忍受着无边的悲痛，一面仍要怀揣着生的希望坚韧地活着。在通过死亡直面的广阔人生中，刘庆邦小说的意义就不仅仅是对过度苦难的直面了。他以对死亡意味的延伸，为活着的人们指明了新的方向。对死亡母题的超越是刘庆邦面向现实的存在，在思维广度及纵深上的扩容。

同样，长篇自传色彩的长篇小说《平原上的歌谣》是以刘庆邦亲历的三年自然灾害为背景展开的故事。在《平原上的歌谣》的苦难及死亡叙事中，刘庆邦以一位伟大母亲魏月明的形象折射出特定情境中民间人性美的留存。

不同于对文化隐喻、历史主题、崇高风格的关切，刘庆邦以向死而生的力量赋予了死亡主题深刻的内涵，直接将笔触指向世俗生存中的个人，指向了他们在生命困境中对生存的诘问和希望的永驻。对于刘庆邦死亡主题的表达而言，在死亡意味的延伸中产生的对死亡的敬畏也许是他最认可的意义和价值所在。毕竟，当对死亡的敬畏成为一种理念、一种信仰，人们才会对逝去的人保有怀念和尊重，进而善待活着的人及生命。

众所周知，人的生命是一个不断走向终点的历程。死亡的价值是相对于生命的意义而存在的。刘庆邦将小说中死亡的降临视为一个反思生命价值的机缘。毕竟，对生命的思考是一个作家的感悟力；而死亡则是生命的另一种精神形式。

中国现当代文学中一直有生命表达的传统。20世纪20年代初期，郭沫若提出的"生命底文学"的观念即认为"生命是文学的本质，文学是生命的反映"❶。沈从文先生也极其崇尚生命，他声称"我是个对一切无信仰的人，却只信仰'生命'"❷，他的小说《萧萧》《边城》均洋溢着对生命价值的肯定及其对生命本能的弘扬。史铁生则以《我与地坛》《命若琴弦》《病隙碎笔》等作品体现了人身处困境时对生命的思索，他以冷寂的文字描画、通透的生命观念、独特的理性思辨传达出最为朴素的生命情怀。迟子建则以《北极村童话》《群山之巅》等作品在救赎人性及超越苦难的愿望中表达出一种极其强烈的生命意

---

❶　孙玉石.郭沫若浪漫主义新诗本体观探论［J］.北京大学学报，1993（4）：34.
❷　沈从文.沈从文散文选［M］.北京：人民文学出版社，1982：324.

识……毕竟，"艺术作品决不是别的什么，它仅仅是不可重复的个体生命的不可重复的纯粹形式，是作家独特生命的形式化，也就是把那些直接感受到的内在生命的一切骚动转化为可感的艺术形式，并通过这种形式去激发和唤醒其他人的内在生命。"❶因而，在文学的表达中，我们能够不断看到生命意识的觉醒，生命本体被人们的认识和尊崇。

刘庆邦说过，"我们文学工作者应当从历史、现实、生存状态、生命关怀和灵魂关怀等多个角度，对波澜壮阔的社会现象和丰富多彩的人生形式进行分析，取舍，想象，概括，反映和描绘我们所处的这个时代"❷，他进一步将其概括为"我写了一些残暴的行为，主要是想写生命的状态"❸。的确，在刘庆邦几百万字的小说创作中，生命表达一直贯穿其中。

在小说中，刘庆邦首先以生命历程的流动来呈现生命意识的内涵：少年、青年、中年、老年……刘庆邦以对生命历程每一个阶段的关切，表达了对生命的敬畏，并体察着生命外在的一切变化及内在的骚动。在生命历程的所有物质性承载中，刘庆邦尤其偏爱那些具有顽强而茂盛生命力的少年们，他们是刘庆邦体察生命时的最爱。刘庆邦往往将少年们触动人心的成长故事与生命力的弘扬相连接，《梅妞放羊》中的梅妞、《远足》中的金生、《拉网》中的"我"、《谁家的小姑娘》中的改……这些少年都以成长中的高贵姿态完成了对伟大生命意识的弘扬。

在对生命意识的张扬中，刘庆邦还格外注重死亡阴霾对生

---

❶ 苏淮. 文学创作中的生命意识 [J]. 牡丹江师范学院学报，2007（5）：31.

❷ 刘庆邦. 红煤 [M]. 北京：北京十月文艺出版社，2006：372.

❸ 刘庆邦，赛妮亚，梁祝. 刘庆邦访谈录（代跋）[M] //民间. 乌鲁木齐：新疆人民出版社，2002：358.

命意识的反衬。在刘庆邦的生命历程中，死亡一直如影随形：年少时丧父、少年时丧弟；三年自然灾害时目睹身边许多人因疫病、饥饿而逝去；在矿井工作期间，亲历过冒顶事故，经常耳闻目睹煤矿工人在事故中不幸遇难……故而，刘庆邦一直对死亡有着非同一般的感受，他也因此格外地珍视生命。刘庆邦在小说中塑造了这样一群身处逆境乃至绝境却仍然奋力求生的人们：《平原上的歌谣》中的寡妇魏月明在家中没有男劳力、被乡人欺负、遭遇灾荒等种种困境中，以自强、自立的精神竭尽全力地照顾着病弱的公爹，并抚养大了六个年幼的孩子。《小呀小姐姐》中的罗锅子弟弟平路以强烈的生存欲望，尽力做好母亲为他分派的任务——看鸡，以显示出他在家里的存在价值。《年礼》中的继父在被继子嫌弃的人生困境中一直以豁达超然的人生态度安慰着悲观的乡邻们……最终，这些人物即便没能逃脱死亡的控制，却仍以昂扬的生命表达为我们点燃了阴霾中的希望。

刘庆邦还擅长将死亡与生命并置，在对比中凸显鲜活的生命体验。《黄花绣》是刘庆邦以民间习俗为背景将生死并置进行的哲思。《黄花绣》讲述了这样一个故事：当老人们临终时，必须选择父母齐全不超过十六岁的童女给老人送终的鞋上绣花。因而，在三奶奶临终时，小闺女格明因绣花参与了死亡的仪式。经过庄严的仪式，格明稚嫩的生命走向了成熟。生死之间的辩证过渡正是刘庆邦在小说《黄花绣》中尝试挖掘的深意。同样，高妮热爱的响器其实也是死亡仪式的一种组成。高妮以极致的热爱将响器张扬的生命表达融合为自我生命的延伸。"高妮吹出来了，成气候了，大笛仿佛成了她身体上的一部分，与她有了共同的呼吸和命运。人们对她的传说有些神化，说大笛被她驯服了，很害怕她，她捏起笛管刚要往嘴边送，大笛自己就响起来了；还说她的大笛能呼风唤雨，要雷有雷，要闪有闪，能让阳光铺满地，能让星星布满天。"❶ 高妮是乡土中少有的坚持并认可生命中精神力量存在的奇女子，她为大笛所吸引，并以九死不悔的努力一直追求着触动她内心深处的生命力量。

二、人性：介入灵魂的伦理磁场

人性一直是文学中永恒的主题。"人们普遍承认，认识自我是哲学探究的最高目标。"❷ 体察人性就像认识自我过程中的阿基米德点，是人类自我认识中固定不变的重心。关于什么是人性的问题，理论界一直有着众多争议。人性首先是属于道德范畴的伦理学术语。人性是人类独有的，是后天获得的，是在特定的伦理环境中形成的一种特色属性。人性还是一种历史性的概念，是人类与客观世界发生联系时不断发生的实践及变迁。因而，人性虽然往往呈现为一种瞬间的面貌，但我们仍可将其视为一个持续发展的具体化过程，具有连续性、多样性及复杂的层次。

中国当代文学理论界对人性的关注始于 1957 年钱谷融在《文艺月报》上发表的《论"文学是人学"》的文章，文章肯

---

❶ 刘庆邦. 红围巾［M］. 济南：济南出版社，2017：65.

❷ ［德］恩斯特·卡西尔. 人论［M］. 甘阳，译. 上海：上海译文出版社，2017：2.

定了人性在文学中不可替代的重要地位及作用，要求文学创作的对象是人，要注重对人类灵魂世界的塑造。《神圣的使命》《班主任》《伤痕》等作品的出现践行了文学对人性的深入认识。后来的《人啊，人》《人到中年》《灵与肉》等作品则更加注重个体内心世界的呈现，以对个体的关注，从精神世界的深层探讨了人性问题的存在。

对人性的思考一直是刘庆邦小说中的主流。刘庆邦曾经说过他的每一篇作品都注重挖掘人性。的确，以现实主义的创作笔法，刘庆邦一直行走于乡土和矿井间，关注着底层人们最真实的生存状况，呈现出二元对立的人性世界，既淋漓尽致地审视和揭露了酷烈的人性之恶，又盛赞及呼唤了柔美的人性之美。正如刘庆邦在长篇小说《红煤》后记中所说的那样："我用掘巷道的办法，在向人情、人性和人的心灵深处掘进。"❶ 对人性的执着探索是刘庆邦作为作家的责任和胸襟，他也因此实现了对现实存在的执着言说。

人性善恶冲突的深层其实标志着伦理衰败与伦理回归间的矛盾，是积极前行的美好愿景与消极惰力的个体弱点之间的冲突。基于深层伦理震荡的反思使得刘庆邦的作品不仅在时代的语境下具有了典型的特征，又因对历史的自觉思考而标志了其写作思想的日渐成熟。无论衰败，还是回归，刘庆邦将对传统伦理的追寻作为其作品中一以贯之的理想精神。由此，刘庆邦表达了对无数普通人在历史整体进程中的理解，更因此，刘庆邦以广阔深厚的民间背景，将所有论述上升到一个超越历史与文化的宏大视角。

---

❶ 刘庆邦. 红煤 [M]. 北京：北京十月文艺出版社，2006：371.

在对人性善恶的两极描写中，我们能够轻易地看出刘庆邦对"永恒的善"的期待和"难言的恶"的厌憎。在某种意义上，刘庆邦的写作是在"世风日下"的现实中，对重返"重义轻利"传统伦理的期待，是更高层次上的忧患意识，也是将社会理想与人生理想融为一体的当代知识分子特有的超然的价值观念。对伦理意识的关注，也使刘庆邦的小说在具体描述了中国社会现实的同时，更多地注重了因外部境遇而动荡的种种内在精神。以介入灵魂的伦理震荡，刘庆邦的小说因此具有了更多理性思辨的特征。

刘庆邦一直执着于现实主义精神的书写，出生于"底层"的他一直坚持将笔触伸向"底层"民众，描摹他们在挣扎生存中的种种境遇，并对"底层"民众的日常进行持久的关注及深入的关怀。在现实中，刘庆邦认为，"我们在现实中很少看到美好的东西，理想的东西。所见所闻，往往是一些欲望化了的糟糕的东西，甚至是污浊和丑陋的东西。"● 因而，在某种意义上，刘庆邦对人性书写的第一个层面就是直接源于对现实呈现的"证丑"，是以人性之恶书写伦理的衰败，是对"深根固柢"的人性之恶的彻底剖析。

死亡、暴虐、欲望、仇恨……在不动声色的平静书写中，刘庆邦乐此不疲地展示着人性阴暗中种种让人不忍直视的不堪、酷烈。

刘庆邦对人性之恶的表现往往是"无中生有"的。刘庆邦偏爱于省略或抽空人物人性裂变的过程。他既不进行人物前史的交代，也不呈现人物的心理纠结，而是直接将人性的负面推

● 刘庆邦. 超越现实 [J]. 长城, 2003 (1)：23.

到人前。这样的冷静与直接，也只有刘庆邦能够运用得如此出
神入化而且契合现实逻辑了。《平原上的歌谣》中的秃老电就是
这类人物中最典型的代表。秃老电是文凤楼村的仓库保管员，
他的第一次出场是在全村抓到了偷红薯母子的外村小偷之时，
他无师自通地知晓了惩治小偷的惨烈方法。"不料偷儿刚站稳，
他就飞起一脚，把板凳踢倒了。板凳和小偷儿分离，小偷儿悬
空着朝后摔了下去。小偷儿摔得很重，头咚的一声响，好像还
有劈裂声……秃老电不露一点狰狞面目，态度好像还很怀柔，
他对小偷儿说：'你看你，我让你歇歇，你为啥不站好呢？起来
吧，这次站好，别再摔下来了'……'你他妈那个×，不想吸也
得给我吸！'秃老电一下子把柴火棒点燃的那一头戳在小偷儿嘴
角上了，哧的一声，冒出一股白烟。小偷儿大叫一声，昏了过
去……在饲养室里，文钟祥对老国叔摇头、叹气，他说他不明
白，秃老电那些整治人的方法都是跟谁学的呢。老国叔认为，
秃老电不用学，他是自来会。"❶ 恩格斯说："人来源于动物界这
一事实已经决定人永远不能完全摆脱兽性，所以问题永远只能
在于摆脱得多些或少些，在于兽性或人性的程度上的差异。"❷
秃老电正是这样一个丧失了人的本质属性，只剩下赤裸的兽性、
心狠手辣的动物。刘庆邦在小说中还塑造了很多秃老电这样的
人物。《人畜》中的老样、《刷牙》中的梁红彦也是与秃老电同
类的施虐者。他们被欺凌，因为外来户的身份受到村民和生产
队长的排挤；他们很软弱，不敢同身边人为敌；他们却暴虐，

❶ 刘庆邦.平原上的歌谣［M］.郑州：河南文艺出版社，2014：89-90.
❷ 恩格斯.反杜林论［M］//马克思恩格斯选集（第三卷）.北京：人民出版社，1972：1.

把满腔的怒火发泄到比他们更弱小的牛、骡子等动物身上：老样经常棒打骡子、梁红彦用刀斧手般的狠劲给牛刷牙……最终，他们引来了动物的疯狂报复。《只好搞树》中的杨公才也因外乡人的身份备受欺凌，不敢正面反抗的他却因儿子与赵家媳妇偷情而兴奋不已，在杨公才看来"往赵家人头上撒尿"的行为才是最好的报复手段。秃老电、老样、梁红彦、杨公才以狠毒、狭隘、自私、嫉妒等种种人性之恶演绎了一个又一个残酷至极的凄惨故事，在他们心中，亲情、爱情、友情等世间一切的美好都已不复存在，留下的只是虚伪、狭隘、毫无温情的人性恶世界。

刘庆邦并未单纯地沉浸于人性之恶的描述中，在平静的叙述之后，刘庆邦以种种努力试图为多样的、复杂的、层出不穷的人性之恶找到根源，从发生的源点去理解人性之恶的出现。

人性之恶第一主因是源于生存环境的恶劣。从古至今，中原地区一直是我国发生灾害最频繁的地区之一。上千年来，"天下之中"的特殊地理位置使得这片土地上上演了无数群雄逐鹿、文明兴衰的故事，刘震云的《故乡相处流传》和李佩甫的《羊的门》均讲述了这块土地在不同时期频频遭受战乱的历史。频繁的战乱严重破坏了河南的生态资源和生产力的发展。近现代以来，水灾、旱灾、蝗灾、兵灾等天灾人祸的侵袭更加重了这块土地的满目疮痍。因而，极端的生存困境就一直是河南乡村民众常态化的人生底色。在阎连科的《日光流年》《受活》、刘震云的《塔铺》《一九四二》等作品中，我们无一例外都能看到这块土地上极致的困境和民众们在贫困中无力地挣扎。在刘庆邦小说中，以生存困境渲染人性恶之极致的作品首推《雷庄户》。在这个寸草不生、贫瘠闭塞的戈壁滩上，比恶劣生存环境更加野蛮、更为残酷的是生活在这里的人们。以家庭为对象，这篇小说彻底摧毁了源于土地和血缘与支撑民间价值的传统伦理道德。中国传统文化认可的"父义、母慈、兄友、弟恭、子孝"等伦理五典在小说《雷庄户》中被逐一颠覆。原本作为人们身体及灵魂归处的家庭不再是内平外成的所在，而变成了一个充满浩劫的人间绝地。父亲以偷窃为生，漠视着周围的一切。母亲极度自私，为了自己的口腹之欲，可以威逼自己的亲生女儿去卖身以换取几块咸牛肉，甚至恶毒地咒骂病重的丈夫早早死去只因为自己没能吃到一碗面条泡油条……刘庆邦在小说中描述的重点是二郎。二郎的人生目标就是性爱和传宗接代。面对家里兄弟三人和父母同住四间房的生存困境，他想尽了一切方法来开拓自己的生存空间。首先，二郎将希望寄托于哥哥在挖矿时被砸身亡。之后，他又亲自动手用一只八斤重的三齿钉耙结束了弟弟的生命。最后，二郎和母亲一起动手虐杀了病重的父亲。在扫除了家人的障碍之后，二郎终于心满意足地独占了家中的房子，拥有了足够的空间来娶妻生子。刘庆邦小说中这类因生存困境产生的人性之恶并非个案，比如，小说《在牲口屋》中的主人公金宝在把儿子大梁的婚事受阻归咎给自己的情夫杨伙头之后，就伙同丈夫在牲口房伏击杀害了杨伙头。《雪花那个飘》中的徐海洋在等待因矿井透水事故而亟待拯救的父亲时陷入了极度的矛盾，一方面，他希望疼爱自己的父亲能够生还；另一方面，若父亲不幸工亡，他就能够得到梦寐以求的矿工工作，然后就可以同心仪的女同学恋爱结婚了。当徐海洋听到父亲生还的消息时，徐海洋哭了。不知道真相的众人感动于徐海洋对父亲深沉的爱，徐海洋却不知道自己是在为父亲的生还而高兴，还是在为自己的失望而哭泣。无论对于二郎、金宝的杀戮，还是对于徐海洋深埋心底永远无法宣之于外的内心隐秘，刘庆邦都没有加以丝毫的品评及判断，他只是呈现、表达，并在极致夸张的暴虐之后，将隐藏的人性之恶暴露于人前。毕竟，这样惨烈的超越现实、甚至近乎寓言的故事呈现给我们的是极致生存境况下的罪恶。在这样伦理衰败的语境中，我们无法不深思，无法不震颤。毕竟，刘庆邦笔下生存困境所引发的人性之恶是无法预计的。

欲望之下的迷失则是刘庆邦笔下人性之恶产生的第二个主因。刘庆邦在许多小说中都描述了欲望的巨大诱惑，以及人们在欲望面前的迷失和人性转变。权力、金钱、性欲是刘庆邦最偏爱的三种欲望的维度。古往今来，熙来攘往，世间万象都因欲望的连接而被纳入刘庆邦的笔下。他以现实主义的风格，在斑驳陆离的社会原生态背景下，描述的仿佛只是一幕幕平实的生活。然而随着笔触的逐渐展开，随着平实表层的剥离，在欲望之下，我们看到的是令人震骇的人性之恶，以及它们近乎广泛的日常化存在。在这类故事中，欲望的膨胀是人性之恶出现的重要原因。延循着人物的经历，刘庆邦极具耐心地展示了人性之恶吞噬人的整个过程。

刘庆邦的故乡在河南。河南是中华民族与华夏文明的发源地，是中国建都朝代最多、建都历史最长、古都数量最多的省份。新时期以来，河南涌现出一大批优秀的作家，如阎连科、李佩甫、周大新、刘震云、刘庆邦、张一弓、乔典运等，他们被统称为"文学豫军"。由于共同的中原文化背景，他们之中的大部分都自觉地把乡村权力作为文学创作中的基本主题：在《日光流年》《受活》中，阎连科呈现的是权力对人的物质及精神方面的双重压制；在《羊的门》《城的灯》中李佩甫再现了乡村文化中权力的特征与经营；在《故乡天下黄花》《我不是潘金莲》中刘震云讲述的是乡村权力的争夺史……这些河南作家都以对乡村权力的反复摹写表达了自身对权力难以割舍的情结。梁鸿认为，"'权力'是河南作家的兴奋点。在这一点上，他们所有的灵感、思维和对生活的观察都被充分地调动起来，甚至可以说，在某种程度上，作家是在通过文学的手段达到自我的宣泄和权欲的实现"。❶梁鸿道出的正是河南大部分作家心底与权力难以割舍的隐秘情结。

伯特兰·罗素说，"人类最大的、最主要的欲望是权力欲和荣誉欲"。❷刘庆邦则一直偏爱以酷烈为背景对权力的影响以及对权力的追逐进行详尽的描述，并进一步拷问了人们在权力面前的迷失以及人性的转变。小说《黑地》中的张国成因没能如愿当上矿长，就组织村民哄抢大矿资源，并切断了大矿的运输通道，使原本蒸蒸日上的大矿陷入绝境。小说《断层》中的张国亮则不顾煤矿整体利益，为夺回矿长大权，他事事掣肘，给煤矿的改革增加了层出不穷的麻烦。在权力中发生人性异变的典型人物，当属长篇小说《红煤》中的宋长玉。《红煤》以长篇小说的篇幅，细致入微地描述了宋长玉对权力的极力谋取及人性在权力利诱中的逐步异变。宋长玉等人作为由乡进城的"底层"务工农民，他们对城市有着近乎畸形的迷恋，渴望通过农民转换工完成身份的跃迁，成为真正的"城里人"。因此，当唐洪涛因私欲以手中的权力将宋长玉打回原点，并试图剥离他

---

❶ 梁鸿. 所谓"中原突破"——当代河南作家批判分析 [J]. 文艺争鸣，2004（2）：22.

❷ [英] 伯特兰·罗素. 权力论 [M]. 吴友三，译. 北京：东方出版社，1988：101.

的全部梦想之时，宋长玉就以对权力的极度追逐开始了另外一种人生。

自古以来，有关金钱欲望的故事一直被常说常新地讲述着。金钱的欲望犹如一面通透的镜子，不仅折射出现实中的人情冷暖、万千世相，更从伦理、道德、价值等层面展现了人性的复杂与真实。在刘庆邦的小说中，金钱欲望以一种更加暴虐的方式对人性进行了直接的摧毁。在小说《月儿弯弯照九州》《神木》中，我们跟随着刘庆邦平静而从容的叙述，看到了人性在金钱面前的不堪一击和人们因金钱的诱惑而深陷泥潭的全过程。《月儿弯弯照九州》讲述了淳朴善良的女孩罗兰是如何一步步滑落，并最终走向人性极恶的。北京来的记者"我"送给罗兰的一百元小费是促使她迈向了金钱泥淖的第一步。随后在金钱的泥沼里，罗兰越陷越深，并因金钱的诱惑杀害了玩弄她的大老板。最终，罗兰因为金钱付出了生命的代价。中篇小说《神木》讲述的也是关于生命和金钱的故事。《神木》描写了两个生长于农村的贫困农民的人性异变。当他们无法通过挥洒汗水改变身处的贫困处境时，他们就以诱骗的方式杀害同样出来打工的农民，并伪装成矿难来骗取抚恤金。无限膨胀的金钱欲望让他们丧心病狂的一次又一次地将诱骗来的"点子"残杀于黑暗的矿井中，这种谋生之道的残忍已经超出人们对人性之恶想象的极致。追金逐利的唐朝阳和宋金明在一次次丧心病狂的杀戮中几乎泯灭了全部的良知。对金钱的极度迷恋和追逐最终引发的人性之恶，残忍得让人心惊胆战。

性欲是一种本能的欲望，通过对性欲的书写往往能够映射出丰富的人性。刘庆邦小说中的性欲书写虽算不上丰厚，但往往具有震撼人心的力量。尤其是在书写人性之恶时，借助对性欲的描写，刘庆邦得以凸显出人性中更为复杂和更为真实的层面。在煤矿这个男性的世界中，因为女性资源的奇缺，使得整个矿区始终满溢着无处消散的雄性荷尔蒙气息。在矿井深处，矿工愿将一切同女性联系起来，他们戏称井下用来支撑顶板的铁杆为铁姑娘、称在矿道中来去自由的白毛老鼠为白毛女、他们在运煤车上用粉笔画出性感女性的身躯、发了工资会去"幸福房"幸福一下……因而，在矿井的世界中会发生如此多的因性欲引发的人性异变的惨剧就不足为奇了。《走窑汉》《拉倒》中的暴烈复仇及杀戮均源于扭曲性欲下的人性之恶。对于身为矿工的马海州和杨金成而言，自己的老婆是最珍贵的所有物，因而当她们被侵犯时，暴烈的复仇就不可避免了。《青春期》中的杨子明也正是因为性欲的冲动强奸了来窑劳动的女突击队长。在刘庆邦的这类作品中，体现性欲冲动对人性戕害之深的小说，当属中篇小说《哑炮》。《哑炮》中的江水君本来和矿友宋春来亲如兄弟，当江水君偷偷喜欢上宋春来的妻子乔新枝却求而不得之时，悲剧就发生了。江水君在煤堆中发现了哑炮却故意不说，导致了宋春来被炸身亡。如愿娶得乔新枝的江水君也因此被悔恨和愧疚折磨了几十年。性作为人类生存和繁衍的需要，本是一种美好的存在。但因矿井世界的特殊性，人类的正常需求被限制，乃至泯灭了。从表面看来，矿井深处的矿工对性的匮乏仿若只是《幸福票》中那一个个近乎黑色幽默般的存在，但就深层意义而言，因性欲驱使而产生的人性之恶正代表了矿井世界中最深层的无奈及悲哀。

刘庆邦将人性之恶的第三个原因归咎于嫉妒、凶残、自私等人类固有的劣根性。这些人类心理上的痼疾与人类文明同步诞生，从未消散，构成了无数人间悲剧。《守身》中的知青王东玉因出色的外貌得到煤矿机关里所有人的青睐。可当她同一个青年军官结婚后，无数的谣言、诽谤便将其淹没。在嫉妒的驱动下，人性中的恶与阴暗暴露无遗。《五月榴花》和《平地风雷》中平常人突然爆发的人性之恶，凶残得令人发指。在小说《五月榴花》中，主人公张成与涂云本来是一对感情深厚的夫妻，但当涂云被"扫荡"的日本鬼子轮奸后，张成竟在众人面前残忍地把涂云撕成了两半。在小说《平地风雷》中，张三爹、李四嫂、王二爷等人在通过挑拨离间怂恿货郎砸死队长之后，就开始指使村民们行使"正义"。村民们不仅把货郎活活打死，还把他的头"捣碎成一摊红粪"。与鲁迅笔下的刽子手、看客们相比，刘庆邦描摹的凡人更加暴虐而凶残。同样，刘庆邦也将自私放置于浓厚的血腥中让人回味：《在牲口屋》中金宝谋害了自己的情夫杨伙头，《卧底》中的窑工们如猪狗一般苟活着，不仅不反抗窑主的压榨，还因一点点的利益自觉地为窑主充当密探；《黄泥地》中村中的众人在利用了房国春后却对陷入绝境的他极尽冷嘲热讽之能事……以嫉妒、凶残、自私等人类劣根性为表达焦点，追寻人性之美的刘庆邦，也全力呈现着人性丑恶中极致的黑暗。借助人世间现实的悲剧，刘庆邦对种种人性之恶进行的是直接的呈现及低调的抨击。

刘庆邦认为："人性说复杂也复杂，说简单也简单，说复杂，可以举出几十种表现，说简单，只说出对立的二元就够了，这二元一个是善，一个是恶。这是人性的两种基本元素，所谓人性的复杂和丰富，都是从这两种元素生出来的。"❶ 一直以来，对人性之恶的表达并非刘庆邦的最终目的，透过其间进行的价

---

❶ 林建法．中国当代作家面面观 [M]．沈阳：春风文艺出版社，2003：159.

值关照及道德判断才是他关注的重点。以小说创作为媒介，刘庆邦得以汇聚视点于人性善之柔美，并通过理想的传达重建了民族的价值美德。在对人性之恶的审视之后，刘庆邦以伦理的回归表现了人性之善的"自在生成"。

在刘庆邦的小说中，对人性之善的言说始终是一个极为重要的维度，他执着于对日常的描摹，以期发现各种纯真的美好。刘庆邦说："美感源于爱，对自然的爱，对生命的爱，对生活的爱，一个人的心里鼓荡着爱，一朵花，一棵草，一滴水里都能看出美好来。"❶

刘庆邦小说中存在许多人性的善意，有人性光辉对周边世界的映照。在长篇小说《平原上的歌谣》中，刘庆邦以刻骨铭心的童年记忆和人性之善，对酷烈的外部世界进行了柔化与改写。《平原上的歌谣》是刘庆邦以1959~1961年连续多年的严重干旱灾害为背景创作的半自传体小说。与以往许多描述自然灾害时期的小说不同，刘庆邦更侧重的是在自然灾害岁月中饥饿对人性的损伤，更是以特殊情境中人性的投射来发现在民间极端境遇中仍然存在并流传着的民族价值中特有的人性之美。正是这些善意、温暖的人性的存在，温暖了那段饱受自然灾害的岁月。小说的主人公是一位不幸却坚强的母亲魏月明。在连年自然灾害的艰难岁月中，她在丈夫突发急病去世后，独自一个人抚养了六个年幼的孩子，赡养了病弱的公爹。魏月明善良、坚韧、勤劳……以人性的点滴之善汇聚成阴晦时代中的亮色与希望的传承。她常常自我牺牲：在自然灾害最严重的时候，魏月明一家一天只能在食堂领到一顿饭。可当丈夫的妹妹一家来

---

❶　刘庆邦.遍地白花［M］.北京：新世纪出版社，2002：51.

投奔的时候，魏月明就把这顿饭全部让了出去。"长玉去食堂把掺了杂草的菜团子领回来后，魏月明除了给公爹一个，两口子和孩子都没吃，都给妹妹一家人吃了。"❶当自然灾害最严重的时候，魏月明用分食法确保丈夫文钟祥每天多喝半勺汤。在自然灾害的旋涡中，在南边不断传来饿死人的消息中，这是民间女性自我的选择；当死亡逼近的时候，她们必须在家庭成员的生存面前做出选择，"痛苦权衡的结果，他们还是决定：保大人。两个大人中，先保男人。在他们看来，一个家庭好比是一棵树，孩子是树枝树叶，男人就是树根。树枝树叶落了死了，不要紧，只要树根在，遇到春天，还会发出新的树枝树叶。倘是树根死了，这个家庭的根基也会随之动摇。"❷魏月明在分饭的时候也坚持了每次多分给丈夫半勺汤。可她的分法与其他村民的做法不同，"她说，她不会让老人少吃，也不会让孩子少吃，每次她少吃半勺就是了。半勺子稀汤寡水，漂着几片菜叶子，吃了，多不到哪儿去，不吃，也少不到哪儿去。"❸半勺稀汤，在平常的岁月中算不得什么，在自然灾害岁月，却是大过人命的选择。同样在《平原的歌谣》中，六个黑面馍可以换来一个花老婆；几块红薯差点就要了一条人命；村支书找遍全公社才在公社书记家中要到了老娘临终时想要吃的一口红糖……相比之下，魏月明和《雷庄户》中那个因为一口吃食就恶毒地诅咒自己丈夫去死的母亲高低立判，一者皎如明月，一者碾落成泥。以人性为界，善恶的区分恍若天地。魏月明是无私的，

❶ 刘庆邦．平原上的歌谣［M］．郑州：河南文艺出版社，2014：167.
❷ 刘庆邦．平原上的歌谣［M］．郑州：河南文艺出版社，2014：181.
❸ 刘庆邦．平原上的歌谣［M］．郑州：河南文艺出版社，2014：181.

当集体需要奉献的时候，她总是冲在前头。当队里的牲口没草吃的时候，她甚至捐出了自家孩子睡觉时用来铺床的树叶子；当队里开展大炼钢铁活动时，她上交了家里的所有金属制品；她大爱，当秃老电虐待用六个馍换来的媳妇红满时，魏月明偷偷地放走了红满，还把自家仅有的三毛钱全都给了她；她坚韧，丈夫去世后她面对着年迈的公爹、年幼的六个孩子、虎视眈眈的乡邻，擦干眼泪，以女性的身躯去干男社工的重活养活了一家人，度过了自然灾害时期……

在刘庆邦的小说中，人性之善的"自在生成"体现在多种维度，尤其是在人物的成长中。小说《红围巾》中15岁的少女喜如就经历了这样的一次成长。从表面看来，《红围巾》与《鞋》《月色》等作品一样，是刘庆邦又一次对少女爱情初起时懵懂情感的书写。果然，在小说中刘庆邦以精致的文字细致描画了喜如在经历人生第一次相亲时内心激荡的阵阵波澜，害羞、喜悦、期待、焦虑、失望……喜如在初次相亲失败后主动对自己进行了细致的审视，将自己没有被人"相看上"的原因归结为自己没能佩戴一条好看的红围巾。因而，喜如决定自己到田间去扒红薯，挣来一条属于自己的红围巾。喜如想要从地里扒红薯是件十分困难的事，"地里的红薯已经收过好几遍，想扒到一块红薯是很难的……喜如到地里扒红薯，就是到抄过的地里扒。这是第三遍收红薯。第一遍叫出，第二遍叫抄，第三遍叫扒，也叫溜。地里既然没什么红薯了，队里也就放羊了，只要不怕掘力，谁想去扒都可以。"❶ 因而，喜如天没亮就出门去扒红薯，直到红霞满天才有了收获。当喜如第一次扒到红薯时，

---

❶ 刘庆邦. 红围巾［M］. 济南：济南出版社，2017：136–137.

收获的喜悦让"在她对着红薯又看又闻，差点把红薯亲一口"❶。最后，喜如终于用扒来的红薯换来了自己心仪已久的红围巾。可得到红围巾的喜如，仍然挎着篮子到地里去扒红薯。"既然扒的红薯够买一条围巾了，喜如就不必再去扒红薯了，可爹去赶集走后，喜如又到地里扒红薯去了。女儿家的心事让人猜不透，她为什么还去扒红薯呢？"❷ 文末，刘庆邦用设问引人深思。人性中对物欲占有的天性随着辛勤的劳作悄然隐退，因一条红围巾而兴起的劳作自此成为喜如人生的习惯。在劳动的艰辛与对父母辈劳作不易的体味中，成长的洗礼让喜如获得的是比一条红围巾要珍贵得多的馈赠，这是人性之善的升华，喜如的人生也因此更具厚度。

在刘庆邦的小说中，人性之善的"自在生成"还常在日常的人际交往中闪现光芒。《草帽》《燕子》《远山》都关注了矿井日常生活中人性之善的普遍存在。《草帽》中的刘水云和马金织不约而同地发现她们当矿工的丈夫每天早上都要到矿井口那个漂亮女人蓝翠萍的馄饨摊儿吃馄饨，她们便以不同的方式展开了对丈夫的试探。马金织劝丈夫赵明去尝尝别家的馄饨；刘水云却起大早给丈夫梅玉成包馄饨吃。可无论怎样的努力都改变不了她们的丈夫依然天天去蓝翠萍的馄饨摊吃馄饨的事实。两位矿工的妻子也因此陷入了巨大的悲哀，她们认为"人心随着世界变，世界花人心也花，世界走到这一步了，恐怕谁也挡不住，世界正方兴未艾地花下去"❸。事实的真相反而很简单。

❶ 刘庆邦. 红围巾［M］. 济南：济南出版社，2017：142.
❷ 刘庆邦. 红围巾［M］. 济南：济南出版社，2017：144.
❸ 刘庆邦. 刘庆邦短篇小说编年卷（四）［M］. 上海：上海文艺出版社，2018：372.

蓝翠萍是在井下事故中惨死的矿工小范的妻子。小范作为农民轮换工，他的遗属们不能享受矿上的任何待遇。为了帮助蓝翠萍母子活下去，小范同班组的矿工兄弟们有了一个谁也不准对外讲的约定：班上每人每天都要到蓝翠萍的摊上吃一碗馄饨。知道了事情的真相后，蓝翠萍的摊上每天又多了两个吃馄饨的女人。即使后来，因煤炭的销路不好，煤矿给工人放了假，掘进队的一些人虽然不上班了，但"他们还在庄严地上着另一种意义的班"❶。而当蓝翠萍知道了掘进队这条不成文的规定后，"这位矿工妻子顿感五内沸然，痛哭一场"。之后，蓝翠萍再也没有去井口出过摊。短短的篇幅，刘庆邦以几位人物复杂的内心变化呈现了美好的人性。《燕子》和《远山》的故事都开始于悲伤的错认。《燕子》中三四岁的燕子一直苦等着爸爸的归来，可已经在矿难中离世的父亲是永远不会再回来的。直到有一天，她错认了路过的矿工林志文为爸爸。而正是这次错认通过"生命对生命的呼唤……（使）生命深处的东西顿时苏醒过来"❷。《远山》中的容玉华在丈夫杨海平遇难后用丈夫的身份伪装成男性下矿井做了一名装煤工，同组的伙伴们就把她看成了队中兄弟的一员。无论是《燕子》中对父亲身份的无意错认，还是在《远山》中众人一心地有意隐瞒，刘庆邦以团聚延续了人生的故事。《燕子》中是杨丽芳、林志文和小燕子一家人的团聚，而在外在形式上，《远山》中的工友们并未真正地团聚在一起，"临到快过年时，杨海平想请三个工友到家里吃顿饭，以表

❶ 刘庆邦. 刘庆邦短篇小说编年卷（四）［M］. 上海：上海文艺出版社，2018：374.
❷ 刘庆邦. 风中的竹林［M］. 北京：求真出版社，2012：298.

达她的感激之情。可是，杨海平炒好了菜，还买了酒，打眼工、放炮工、支护工，三个工友一个都没去。"❶ 爱情、信任、工友情、自尊等情感交相辉映，让我们看到人性的善意与价值。

刘庆邦善于以生活中的细微挖掘人性的真相，在自身的辉耀中，在成长中，在交往中……点点滴滴人性的闪光点以真善美的形式留给人间温柔和希望。相对宏大叙事而言，刘庆邦以温和、明快的笔调挖掘的只是现实中的一些微价值，可正是它们呈现出人性真正的力量。一直以来，刘庆邦在人性之思和现实之叹中追寻的正是在民族精神中永恒存在、影响深广的人性之善和人情之美。刘庆邦曾经说："文学的本质是劝善。我们创作的目的主要就是给人以美的享受，希望改善人心，提高人们的精神品质。"❷ 由小说传达的力量，刘庆邦告诉我们，虽然我们的民族曾经历过如此艰难的困境，但在种种绝境中，仍有"自在生成"的人性之善在闪耀，温热着冰冷至极的存在。这是我们民族的精神，也是我们不灭的品质。

三、乡土：当下观照的价值勘察

20 世纪 90 年代以来，我国进入了社会发展的关键期。1989~2001 年，我国的经济得到了长足的发展；我国的工业以 3 倍于世界工业的发展速度实现了跨越式的发展；我国以承担中

---

❶ 刘庆邦. 黄花绣［M］. 北京：作家出版社，2009：244.
❷ 刘庆邦. 从写恋爱信开始［M］. 北京：国际文化出版公司，2004：156.

低端制造业的产品生产为契机全面参与了全球产业分工；中国的对外开放也到达了一个里程碑式的节点……同时，在改革攻坚及社会转型的关键节点，人文精神的重建也成为我国重要的社会话题。从1993年起，以文学的生存境遇为切入点，众多知名评论家和作家加入到一场大规模的人文精神大讨论中，进而，这场讨论延伸到整个社会层面。就文学的发展面向而言，王晓明提出："文学的危机实际上暴露了当代中国人人文精神的危机。"❶虽然以"文学的危机"来界定似乎有些严重，但从90年代以来，文学的日渐边缘化是一个不争的事实。在社会变迁的大背景中，文学的确也应面向时代做出积极的回应。一方面，粗放型的文学以在俗文化层面上的表达赢得了一定规模的繁荣和成功；另一方面，坚守文化守成的文学则规避并批判社会上的庸俗与肤浅，以对存在的关注及对形而上的追求坚守着纯文学的道路。在时代的语境中，我们呼唤着第二种作品及作者们的存在，毕竟只有价值层面上的追求才能给我们的人生提供必不可少的精神规约、目标及支柱。王晓明也指出，知识分子"提倡一种关注人生和世界存在的基本意义，不断培植和发展内心的价值需求，并且努力在生活的各个方面去实践这种需求的精神"❷。幸运的是，当今文坛一直不缺乏在精神探索方面的实践者，他们以良知和责任进行着精神的营造和价值的追问，刘庆邦无疑是其中重要的一员。

当今，刘庆邦是少有的不为个人的生存而写作的作家之一。如孟繁华所言："他不是暴得大名的作家，他的声誉形成于耐心

---

❶　林大中，等.九十年代文存［M］.北京：中国社会科学出版社，2001：27.
❷　王晓明.人文精神寻思录［M］.北京：文汇出版社，1996：后记.

和持久的创作中。"❶刘庆邦一直秉承着知识分子的良知，希望能够通过文字"改善人心，提高人们的精神品质"。刘庆邦认可精神的力量，坚持对信仰的追寻，在他的文字中，他尤为对理想的代言人进行了极致的礼赞：《听戏》中一生痴迷于听戏的姑姑，《响器》中忘我学习吹大笛的高妮，《信》中以书信珍藏信念的李桂常……这些人物身上不仅体现着信仰的力量，更呈现出为坚持理想而百折不挠的勇气。我们也可以这样认为，这些人物是刘庆邦理想中的存在，更是他源于自身愿景的一种写照。

刘庆邦一直以写作平静而耐心地经营着自己的文学园地，"我写东西有两个原则，一是要坚持对纯粹文学的追求，再就是与文学商品化的对抗"❷。在这种意义上，刘庆邦与史铁生、张承志、韩少功等作家一道担负着精神守望者的职责，并以价值传承为旗帜，坚守着对存在本质的质疑和对生命意义的追问。

乡土是刘庆邦在文字中构建的理想之地，他以此来隔绝名利，重建价值。

乡土文学是文学史中一个持续变化的概念。在不同阶段，这些相似的文学概念呈现的其实是不同的价值诉求及作者们对"乡土世界"的不同理解及想象。毕竟，人作为"地之子"更乐于在乡土的自在形态中发现生存的意义及草根的生活价值。刘庆邦笔下的乡土作为重要的言说之物，是以文字面向了认同的断裂和没有归处的现代精神困境。我们可以认为，刘庆邦的言说其实是对失落的文化传统及自我同一性的召唤，是现代意

---

❶ 孟繁华. 这个时代的隐痛——2004年季评［J］. 中国当代文学研究，2004（4）：42.

❷ 刘庆邦. 梅姐放羊［M］. 武汉：长江文艺出版社，2002：1.

义上的一种乡愁。毕竟，在刘庆邦的观念中，以乡土为代表的地方性与个体性并非他关注的重点，那些具有普遍特征的国民性立场及其中潜隐的"错综相"才是他凝视的关键所在。如茅盾所说"我们决不可误会'地方色彩'即某地的风景之谓。风景只可算是造成地方色彩的表面而不重要的一部分。地方色彩是一地方的自然背景与社会背景之'错综相'，不但有特殊的色，并且有特殊的味"。❶

刘庆邦笔下的乡土首先是种特殊的味道。在触及乡土之时，刘庆邦的笔触都呈现着浓烈的诗意：有时是对事物审美关照后的意象表达，"柳条摆动，麦苗起伏，塘边的桃花花蕊微微颤动，托春风捎去缕缕清香"（《曲胡》）；有时是特殊心境的外化呈现，"周文兴伸头往池子里看，见池子里泥没有了，麦糠也没有了，池底只有一点灰白的浅水。个把星星映在浅水里，若隐若现的"❷；有时是宽容醇厚的文化意味，"三月三是柳镇的庙会。庙会很古老，古老得找不到文字记载，连白胡子老头也说不清它发自何人，起于何年"。❸ 这些麦苗、春风、浅水、庙会就构成了社会背景的"错综相"化存在，是刘庆邦记忆中乡土的地方色彩，是乡土之味。

尼采说过，写作是一个"成为自己"的过程。在刘庆邦的写作中，我们一直能够分辨出清晰的二元世界：在矿井的世界中，刘庆邦构建现实，探析人性的维度；在乡土的世界中，刘庆邦筑建精神，传达情感的深厚。但最终，能够让刘庆邦平静

❶ 茅盾．茅盾全集（十九卷）[M]．北京：人民文学出版社，1991：76.
❷ 刘庆邦．黄花绣 [M]．北京：作家出版社，2009：307.
❸ 刘庆邦．红围巾 [M]．济南：济南出版社，2017：106.

及沉潜下来的是内在宇宙的牵引，是来自乡土的牵绊。

在对乡土的写作中，刘庆邦的小说总是柔软而亲切的，是一种牧歌式的情怀，也是一种时代性的雅致。乡土中的一切绝不仅局限于记忆中环境的营造，而是创作主体对这块土地的不断怀念与深切感怀，这片土地也因而具备了神奇的力量，能够诊疗那些如刘庆邦一样离去却仍需回到此处才能平复内心的人们。小说《大平原》是刘庆邦表达离乡但怀乡情结的一次回忆之旅，小说中的林生则代表了心怀乡土的刘庆邦的一个镜像。整部小说表面上以初中返乡的林生与同村姑娘红蓼间的爱情为主线，内核则是以朴素、健康、饱满的情感来抒发对乡土深刻的感怀。《大平原》的小说空间是河南农村，小说时间被标志为生产队时间，并被有意地标注为知识分子"上山下乡"的开始，那是一个单纯的时代。在那个遥远的时代中，刘庆邦以充满诗意的语言描述了无所不在的美："大片的谷子垂着金黄的谷穗，似乎对年轻时高傲和轻狂感到有些羞怯。玉米的心情大概和谷子差不多，它把鲜艳的红缨子悄悄地干缩了暗暗努力把穗子变得又粗又壮，它不再炫耀自己，小心地把果实包了一层又一层。"❶ 在遥远的乡村，一切都是美的，作者的心情是饱满、愉悦、沉静的。当因未能继续升学而闷闷不乐的林生回到这片大平原，回到这块儿时游戏过的高粱地时，这块承载了千年风霜的土地却依然保持着"古老"如昔的模样。当林生舒展身心躺在大平原上的时候，他在乡村的土地上自发地发出了歌唱，唱出了生命之歌。伴随着歌声在大平原上的荡漾，林生心中的无

---

❶ 刘庆邦. 大平原［A］//刘庆邦小说自选集. 郑州：河南文艺出版社，1999：91.

奈和无助被消散了。此时，我们仿佛看到了刘庆邦躺在那块乡土独有的大平原上，抒发着自己失而复得的喜悦。现代意义中的乡愁则在文字对乡土世界的重现中得以缓解。

自写作伊始，刘庆邦就一直被两条平行线牵绊而行，那就是记忆中的乡土与现实的触动。两者间的缠绕、渗透、并行，不仅构成了他建构想象的不竭动力，也成就了他独特的"水火不容"的叙述世界。因而，对乡土的回望，绝不只是为了满足刘庆邦本人的乡愁。刘庆邦将其作为自身"韧性写作"中持久的创作元素并以此进行文化价值的回望，是以当代作家的使命对当下文化的定位，更是对文化价值取向的追寻。

最早，刘庆邦对文化价值的回望始于乡土之惑。实际上，面对城市及城市代表的现代文明，刘庆邦是难以融入的。归属感的丧失使他不仅常以批判的态度面对现代却充满物欲的都市及都市中存在的人，更使他乐于频频地重新回到记忆中的乡土去寻找那块曾经属于自己及时代的精神家园。但是，在现代化的整体格局中，曾经充满了田园气息的乡土已经在工业化及市场化的变迁中变形，使"我有一种失去家园的感觉，还有一种沧桑感"❶。现代性冲击成为刘庆邦的某种叙事困局。

"家园何在"的沧桑是刘庆邦面对乡土时最常陷入的深沉思考，这不仅是"茫然失其所在"的对存在追寻的困惑，更是在时代发展中人类反思自我、回望过去，重构家园的不懈努力。

同时，刘庆邦也深入地关注了乡土的落寞。长篇小说《红煤》叙事的表层主线是农村青年宋长玉在努力成为城里人过程中人性的丧失、沉沦及异变；深层主线则以红煤厂村生态的异

---

❶　刘庆邦. 家园何在［M］. 上海：上海文艺出版社，2003：8.

变演绎了一首属于乡土的悲歌。最初的红煤厂村清新自然、物产丰富，宛如一个世外桃源，"在阳光的照耀下，稻苗呈现的是鹅黄的色彩，很是亮眼……宋长玉又在水边的一棵大树上看见几只白鹭，还看见了白鹭搭在树上的窝。白鹭在黑苍苍的树冠上上下翻飞，一明一明的，如一朵朵巨大的花朵……他们还看到了村子里的乌瓦粉墙，以及石板铺成的小街。越过村子往南看，是渐起的一座青山。山上树木葱茏，缕缕雾气缭绕其间"❶，但在宋长玉建立煤矿并开始疯狂地滥采煤炭后，短短几年，红煤厂村就变成了另一副模样，"山林间没有了水汽，也就没有了灵气，路边的野花没有了，鸟鸣也听不到了。偶尔有风吹来，都是干风，灼得人心起躁。那座古塔的情况更糟，由于地基下沉，使古塔的塔身裂开了一道缝。有人说，塔里面原来是有神灵的，神灵实在忍受不了环境的恶化和人类的践踏，从缝隙里飞走了，转移到别的地方去了。"❷ 几年间，一处生机盎然的原生态乡村就变得资源枯竭、满目疮痍。当意料之中的特大透水事故提前到来时，红煤厂村就此陷入绝境，而在此收获了人生无数成功的宋长玉也不得不远遁他乡……"乡土不再"直接导致了"无家可归"的恶果。毕竟，刘庆邦所呼唤并提醒人深思的是事关乡土本体的深沉的土地伦理观。奥尔多·利奥波德说："土地伦理是要把人类在共同体中以征服者的面目出现的角色，变成这个共同体中的平等的一员和公民。它暗含着对每个成员的尊敬，也包括对这个共同体本身的尊敬。"❸ 无论何时何地，

❶ 刘庆邦. 红煤 [M]. 北京：北京十月文艺出版社，2006：87-89.
❷ 刘庆邦. 红煤 [M]. 北京：北京十月文艺出版社，2006：350-351.
❸ [美] 奥尔多·利奥波德. 沙乡年鉴 [M]. 侯文蕙，译. 长春：吉林人民出版社，1997：194.

乡土代表的家园本来是人类最后的归所，工业化的进程等任何发展都不能剥夺这里所具备的价值所在。只有这样人们才能够在大地上获得真正意义的"诗意地栖居"。

笔者认为，刘庆邦在小说叙事中承载了很多源于他自身的矛盾性存在，也毫不掩饰地呈现了内心的沉重。乡土的闭塞、落后是刘庆邦年少时奋力挣脱家乡的原因；但自我与城市文明的格格不入，又使他一直对笃实宽厚、诚信谦和的农耕文明拥有着持久而深刻的眷恋。与乡土作为熟人社会存在的透明人际关系不同，城市中的冷漠让人们倍感孤单失落。因而，在面向城市的叙事中，刘庆邦首先表达了人们在城市中感受到的冷漠、孤单和失落。刘庆邦在小说《城市生活》中以近乎黑色幽默的戏谑文笔描述了男主人公田志文与某个看不见的他者间的斗智与角力。这种无聊却执拗的行径也许正是城市文明掩映下人际关系紧张的常态。《男人的哭》将人际交往中的惊涛骇浪掩藏于平实的日常。张君和和李培华只是一对在22年前偶然有过交集的陌生人，却以生死为边界让彼此得以窥见自身最隐秘的内在。在这些故事中，刘庆邦试图讲述的则是城市文明中人与人之间的疏离与自我的孤寂。同时，刘庆邦将现实的种种失望通过城市或乡村的现代进程表达为剥离美好、异化人性的缘由。小说《麦子》中是城市的规矩让花坛中的麦子变成了青草、《家园何处》中女主人公何香正因为出外打工才变成中国的"包法利夫人"、《金色小调》中铁虎和铁狼两个家庭间的换妻行为则是以现代生活渣滓为借口对传统人伦观念的暴虐凌辱与肆意破坏……

对于刘庆邦而言，乡土更多的价值在于其作为文化守成者的价值存在，更是负载人性理想的栖息之地。《梅妞放羊》中弥散的自然诗意与生命意识,《鞋》中执着情谊、情义深长的乡土情感,《遍地白花》中朴实空灵、令人忘返的乡村形态……作为乡土生活的追逐者、热爱者的刘庆邦,以乡土的理念及价值体系对当下的缺失进行了精神的规约或审美的规范。就这层意义而言,刘庆邦其实是一名精神探索中的实践者,他以文字实现了对乡土的回望,并在对文化价值的找寻中表达了对社会良知及责任的呼唤。

第三章

生命的风景：承载生命情怀的人生"浮世绘"

对于任何一位作家而言，他所经历的人生、读过的文字，最终都会成为他写作中的一部分，在他的作品中熠熠生辉，刘庆邦也是如此。人生经历是他创作的源泉，为他铸就了两极世界的柔美和酷烈；这种信念作为他的立场，不断地坚定着他的写作。人物是刘庆邦用以表达观点的一种途径。在四百余万字的创作中，刘庆邦为当代文学史贡献了无数熠熠生辉的人物，他们有的平静而寡言、有的爆裂而悲情、有的大爱而祥和……通过他们，刘庆邦把由人物形成的具象感渗透到角色内部、叙述内部，乃至意义内部。这些"底层"絮语中繁复的人间众相既是生命的风景，又表达了种种情怀，为我们留下了一些掩卷长思的想象空间和反思余地。以对形形色色人物的刻画，刘庆邦表达出思考的独特、认识的深刻以及表达的责任。

一、寓言：性别视阈中的女性书写

刘庆邦对女性的偏爱源于他由母亲和姐姐养大的少时经历。与此同时，刘庆邦对某些作家、作品的由衷偏爱，则幻化为气质中的存在铭刻在他的精神之上并恒久盘旋，最终成就了他文字的风骨以及写作的品格。对沈从文的喜爱，使刘庆邦流连于乡土，在超越时代的演绎中，执拗地追寻着恒久的价值及信仰；对鲁迅和契诃夫的喜爱，使刘庆邦勇于直面存在，在日常中思考深刻，表达了虽不发聩但足以让人警醒，指出直入人心的现实；对《红楼梦》的喜爱，则在一定程度上铸就了刘庆邦对女性的观点和意识，并形成了刘庆邦书写女性故事时不经意的东方化的温婉与含蓄及传统式的淡泊与雅致。

在很多文学作品中，我们能够清晰地感觉到作者对女性关注的有意弱化。在这些作品中，女性往往被放置于他者或从属的位置。在刘庆邦的小说中，女性却永远是最亮丽的风景，常常承载着文字中最动人的感动及情怀。刘庆邦曾毫不掩饰地描述过自己偏爱女性人物的原因，"作为一个男性作家，谁都愿意把女性作为审美对象。写到女性，才容易动情，容易出彩，作品才好看。第二个原因，大概是因为我少年丧父，是母亲和姐姐把我养大，供我上学。对她们的牺牲精神和无私的爱，我一直怀有愧疚和感恩的心情，一写到乡村女性，我的感情就自然而然地寄托其中。"❶ 在刘庆邦的小说中，我们可以看到纯真的女童、含蓄的少女、迷茫的少妇、负重的母亲……这些境遇不同、性格各异的女性人物，她们经历了生理上的懵懂、爱情的悸动、欲望的灼烧、生存的惶恐……在刘庆邦细致入骨的描摹中，种种具体而微的经历被呈现为柔美、含蓄、淳朴、鲜亮、坚韧与顽强等意义层面的表达。在一定程度上，正是这样的叙述使刘庆邦平实的文字流露出诗的韵律。

在所有对女性的书写中，刘庆邦更喜欢的是对少女的描摹。他曾经饱含深情地说过："如果有一道测验题：你认为人类世界最美的事物是什么？我将一笔一画地填上：'少女'。"❷ 的确，在刘庆邦的笔下，我们可以看到他对少女充满了无尽的怜惜与珍爱。在《桃子熟了》《红围巾》《梅妞放羊》《鞋》《怎么还是

---

❶ 北乔. 刘庆邦的女儿国 [M]. 北京：社会科学文献出版社，2006：294.

❷ 刘庆邦. 关于女孩子 [J]. 作家，1993（2）：41.

你》中，刘庆邦塑造了风姿各异的纯真少女。其中，我们可以
看到少女的成长、爱情的萌芽以及自我意识的铸就。

在这些纯真而柔韧的少女身上，我们可以看到对美的向往、
追崇和热爱：《桃子熟了》中的胡桃淘洗了一季的桑树籽儿是为
了做一条洋布裤子；《红围巾》中的喜如日出即起、日暮方归是
为了买回一条红红彤彤的围巾；《梅妞放羊》中梅妞外出放羊只
是为了得到父亲应承的一件花棉袄……在她们身上，我们可以
看到不能容忍一丝矫饰的真诚：《眼睛》中心灵纯真的春穗不愿
去镇上做伪证、《灯》中钟爱于麻油和蜡烛气息的小连闻不惯妈
妈打工归来时身上的脂粉气……在她们身上，我们能看到不断
成长中的柔韧与坚强：《谁家的小姑娘》中的改是洪涝到来时病
弱母亲最有力的支撑；《种在坟上的倭瓜》中的猜小则以亲手的
劳作怀想了去世的父亲并慰藉了辛苦的妈妈……在这些童心未
泯的少女身上，有着对美和善的呼唤、有着人与人之间真诚的
关爱、有着对生活重担的一力承担。因而，在少女的成长中，
我们能看到天真的童趣，更多的却是体会到那一份份在生活的
磨砺中逐渐成长并逼近成熟的无止境的美。

刘庆邦小说中涉及爱情的篇章很多，它们常常侧重于表达
人们在初涉爱情时的懵懂、羞涩与悸动，我们从中也能够看到
刘庆邦本人的身影及他内心深藏的情感。在小说《心疼初恋》
中，"我"和暗恋的女同学间眼神的传情就让两人获得了精神上
的无尽愉悦与满足。这也正是刘庆邦对初恋最美好的回忆。在
小说《鞋》的后记中，我们能够轻易地读出刘庆邦的懊恼与惆
怅，是拒绝"守明"时的轻率，更是对失去至纯情感时的无处
追悔。因而，在描述这些身处爱情的乡村少女时，因对自身情
感的唤醒，刘庆邦的笔调也不由自主地变得温馨、甜美而圣洁。

在描写爱情时，刘庆邦的笔触变得分外地悠长，他喜欢描述少女们细密心思的百转千回。因而，爱情生发时种种细微的悸动在他抽丝剥茧式的叙述中被逐一剥现。小说《春天的仪式》中，刘庆邦刻画的是少女星采渴望与未婚夫见面时情感的炽烈。以整部小说的篇幅，刘庆邦不急不缓地展示了星采的急切、失落、惊喜、羞涩，让我们同星采一起回味了初恋的滋味。虽然星采的心情是乍惊还喜、起伏不定的，但在爱情情绪的映衬下，周遭的一切都变得美好了"鸡叫得响，鸟叫得脆，驴子叫得悠扬"❶。小说《鞋》则事无巨细地重现了守明做鞋的全部过程：要鞋样、纳鞋底、选花型……为未婚夫做鞋本是乡土习俗的规约，守明却把对未婚夫的甜情蜜意及对未来生活的热切期待全部凝结在那一针一线的深情间。在拉伸情感时长的同时，为了更好地凝聚读者的关注，刘庆邦还有意地对故事中的时间背景进行了虚化。他只保留了生产队、阶级成分、集体劳动这类具有明显时代辨识度的标志。对纯粹爱情的关注是刘庆邦区别于其他书写乡土作家的一个显著标志。表面看来，刘庆邦只是借此来完成对乡土的一次回归。实质上，这是刘庆邦以乡土为目标重建人们认知的再次努力。毕竟，在我们以往的观念中，乡土间的婚姻往往被误认为是"无爱"的，是以生育和性为主要目标的单调婚姻。但其实，淳朴的乡土才是本源式真挚爱情的生发地。

众所周知，爱情绝不能构成生命中的唯一，但爱情的确能够铸就人的成长。乡土是刘庆邦有意选择的对理想爱情的重建之地，但即使真挚如守明、热烈如金凤，也不是人人都能够获

---

❶ 刘庆邦. 红围巾 [M]. 济南：济南出版社，2017：108.

得圆满爱情的。在刘庆邦以乡土为源点对理想爱情进行重建之时，我们可以看到《鞋》中的守明、《人生序曲》中的采、《闺女儿》中的香、《月光依旧》中的李青云都是在初尝心动的甜蜜时就失去了刚刚感受到的爱情。在这样的段落中，我们能够感受到刘庆邦笔触间的一丝黯淡，几分失落。刘庆邦以文字呼唤的其实是女性的另一类成长，即对自我意识的发现及坚定。在这种发现中，刘庆邦选择爱情，尤其是选择了以爱情的逝去进行的表达无疑是睿智的。毕竟，对于乡土少女而言，在期待爱情喜乐的同时，她们还不得不同时面对被选择、被离开、被放弃等种种无可奈何的命运。因而，对于乡村少女而言，与爱情相伴而生的更多是对未来无法掌控的恐惧。《我与秀闺》《回门》《不定嫁给谁》《听戏》《摸鱼儿》等小说演绎的就是这种与爱情共生，却无法避免的感伤。《怎么还是你》中的喜泉是一个非同一般的乡土女子，相对于乡村女性过于柔顺的个性而言，喜泉具备了更多的自主性。虽然喜泉也必须要延循着乡土的传统，以相亲的方式解决自己的婚姻大事，自主的喜泉却在相亲中掌握了主动权，拒绝了与星堂的婚事。这也是刘庆邦小说中女性第一次掌握了婚姻的主动权。不仅如此，当喜泉确定了自己对星堂的喜爱后，她又主动接受了星堂。不同于《红围巾》中的喜如、《闺女儿》中的香、《鞋》中的守明，喜泉已经不再局限于乡村女性传统式的被动等待，却将婚恋的主动权牢牢地握在自己手中。刘庆邦还将女性成长中不断生长的主体意识拓展到生活的其他领域，《响器》中高妮对大笛的热爱和追求、《听戏》中姑姑对小戏执着一生的痴迷、《黑白男女》中卫君梅的独立与坚韧都是乡村女性主体意识的突出显现。玉字则是众多具有独立主体意识女性形象中最为独特的一个。表面看来

《玉字》只是个女性复仇的故事，是少女玉字以自己的聪慧、坚韧向强奸自己的人进行复仇的故事。但在故事的深层，刘庆邦其实描述的是具有独立意识的玉字，以主体形式呈现出的人的存在。当玉字撩开被单，挣扎着起来的时候；当玉字无视众人的指指戳戳独自走在马寨东边的官路上的时候；当玉字设计终于让马三宰了那人的时候……玉字这个办过集体相亲会，本就不随波逐流的乡村奇女子不仅没有按人们预设的那样"死了"，还以自己的方式独立复仇成功。玉字是独立的，是乡村女子中少有的具有独立主体意识的炽烈呈现。因此，即便是为玉字设置了如此浓烈的悲剧色彩，刘庆邦仍一直将玉字视为乡村女性主体意识成长的一个标志。不必如此惨烈，刘庆邦呼唤着更多的玉字从乡土间走来，最终选择自己的人生。

母亲形象是刘庆邦艺术思想中重要的构型点位之一。以对母亲形象的层层深入，刘庆邦不仅构建了人物，还得以在小说中发展出一种"自上而下"的社会结构。20世纪90年代以来，中国当代文学中的母亲形象以及对母性特征进行表达的作品大规模地锐减。在众声喧嚣的创作浮躁中，刘庆邦对母亲形象的关注和对母性书写的执着就显得格外卓尔不群。刘庆邦在小说中塑造了许多母亲形象。从这些母亲的故事中，我们不仅可以看到中国女性在灾难、家庭、生活等种种语境中的左冲右突，还能在这一系列大爱无言的母亲形象中看到人性的流变，并发现折射生命之重的现实存在。

在文学的实践中，母亲形象作为一种特定的符号源，一直负载着种种特质、表现着某种视角或者代言着某些隐喻。中国文学文本中母亲形象的普遍性与丰富性是我们介入母性研究的依据。尼采说过："妇人的一切是迷，同时妇人的一切只有一个答语，这答语便是生育。"❶ 文学作品中的母亲形象大大超越了尼采对母亲职能的局限，是不同层面文化姿态的表征；同时，以母亲形象介入的女性话题构成了母亲形象意义上的升值，使一系列丰富多样的母亲形象在超越伦理层面的审美向度中成为表达空间的具象能指。

鲁迅说过："女人的天性中有母性，有女儿性。"❷ 虽然女性在生命的不同阶段会呈现不同的个体身份，但她们所具备的母性及女儿性并非各自独立而毫无交叉。对母性范围的界定是刘庆邦进行母亲形象书写时最具独创性的表达。他认为母性存在于女性成长的整个过程之中，并可进一步细化为两个阶段，即女性具有母性而不是母亲的阶段；具有母性并作为母亲的阶段。在父权文化的惯有视角之外，刘庆邦以这样的区分对母亲形象的重写不仅较前人更全面，而且通过范围的拓展得以在文本的空隙间为母性的发声开掘出更为多维及更为丰富的话语空间。

在描述母性的萌生时，刘庆邦的笔触往往极其灵动。他以绘声绘色的描绘，充沛情感的赋予，在中国当代文学中留下了梅妞、小青、小姐姐等一系列栩栩如生的人物形象。母爱是世间最伟大的爱，无私而宽厚。这种爱是发自天性的，因而不能被习得，只能被激发、自主地生成。小说《梅妞放羊》从少女梅妞出发，发现她身上澎湃而高洁的母爱是如何被激发生成的。最初梅妞放羊只是为了实现穿上花棉袄这个简单的念想，"她做梦都想穿花棉袄。羊羔儿是梅妞的希望，花棉袄是梅妞的念想，

❶ [德] 弗里德里希·尼采. 尼采文集（第三卷）[M]. 楚国南，译. 北京：改革出版社，1995：112.

❷ 鲁迅. 小杂感 [A]//鲁迅文集（第三卷）. 北京：人民文学出版，1980：555.

刘庆邦小说创作论

梅妞把希望和念想都寄托在羊肚子上了"❶。可梅妞没有想到的是，伴随着母羊肚子的逐渐变大，她自身的母性也伴随着水羊肚子里的小羊一起日渐一日地生长起来了，"在此后的日子里，梅妞每天都听诊一样听水羊的肚子。终于有一天，梅妞觉出羊肚子里面动了一下，动作不大，就那么缓缓的，大概是羊羔翻了一个身，或伸了一个懒腰"❷。母羊生产是激发梅妞母性生发的一个关键点，等到母羊生产的时候，是对水羊的心疼激发出了梅妞身上真正的母性。母羊生产时"她在心里默默地替羊念话，孩子孩子疼你娘，羊羔儿羊羔儿快出来……念着念着，不知为何，她鼻子酸了一下，眼圈儿也红了"❸。母性是女性与生俱来的本能，只是梅妞体内的这种天性是由母羊成为母亲的经历共情而来。等到梅妞不由自主地模仿母羊给小羊喂奶并得到母羊的"谅解"时，梅妞则以身体通电一般的感受得到了一次从身到心的战栗。在非比寻常的生命体验中，梅妞身上的母性得到了质的飞跃。当梅妞因要保护小羊而要同传说中的蟒蛇拼命的时候，梅妞已经在母性的天然迸发中俨然成了一位能够为孩子牺牲一切的真正的母亲，"她不知不觉把镰刀握得紧紧的，嘴唇绷着，双目闪着不可侵犯的光芒，一副随时准备拼杀的样子"❹。此时，隐藏在梅妞身上的母性已经爆发并到达了母爱的

---

❶ 刘庆邦. 刘庆邦短篇小说选（点评本）［M］. 北京：作家出版社，2012：183.

❷ 刘庆邦. 刘庆邦短篇小说选（点评本）［M］. 北京：作家出版社，2012：184.

❸ 刘庆邦. 刘庆邦短篇小说选（点评本）［M］. 北京：作家出版社，2012：185.

❹ 刘庆邦. 刘庆邦短篇小说选（点评本）［M］. 北京：作家出版社，2012：191.

102

最高境界。

　　母爱是一种生命之爱。因家庭的残缺、贫困等种种原因，刘庆邦小说中的众多少女们在本该无忧无虑的年纪却已经成了"母亲"。《一捧鸟窝》中的小青、《谁家的小姑娘》中的改、《守不住的爹》的小青、《小呀小姐姐》中的小姐姐都是这样的"少女母亲"。有时，母性的律动是少女们成长中闪现的生命的光辉。在艰辛的劳动中，小说《谁家的小姑娘》中的改成长为同母亲一样坚强而有力的劳动力，"阳光从开裂的云缝中投射下来，照在改连续扬洒在空中的水花上，焕发出一种七彩的光，缤纷而绚丽。改原来以为她还很小，力气不大；现在看来，她力气不小，人也长大了。"❶ 有时，母亲的责任让少女们付出了母亲般的牺牲：《美少年》中的姐姐为了供养弟弟无怨无悔地出卖着自己的身体；有时这种牺牲是以生命为代价的：在《小呀小姐姐》中，为了让弟弟平路吃上爱吃的鱼，小姐姐在抓鱼的时候失足沉入水底，临终前她呼喊的却是"平路，姐姐对不住你呀……"对亲人、对动物、对身边的一切，这些小姐姐们以源于内心的、纯洁自然的、与生俱来的母性关怀面对着乡土生活中的苦难和困境。对生活的珍爱也在母性的律动中成为她们成长中的动力及生长点。刘庆邦对她们的书写其实是在文化意义上对母亲形象的追溯与求源。在这些小姐姐们的身上我们看到的是熟悉的"母亲"及母性的光辉。毕竟，这些小姐姐们就是"母亲"，只是她们未曾长大就已经成了母亲。

　　母亲还是刘庆邦小说中最具光彩的人物存在。对母亲无限的孺慕是刘庆邦书写母亲时的动力。《平原上的歌谣》和《枯水

---

❶　刘庆邦. 红围巾 [M]. 济南：济南出版社，2017：156.

季节》中的母亲形象直接来自刘庆邦对自己母亲的追忆。他以自己母亲的形象及生活状况为背景对这两部小说中的人物进行了塑造。小说中的母亲代表着严酷自然灾害降临时仍然纯洁和美好的人性，这是刘庆邦心底最高敬意的所在。在小说《枯水季节》中，在自然灾害时期，大多数人都借着干农活的机会偷吃生产队地里的粮食，母亲却仍然追求着心底的坦然。每每干完农活之后，母亲都要将鞋子里的麦粒全部磕出来，然后再回家。长篇小说《平原上的歌谣》中的母亲魏月明在自然灾害最严酷的日子中不仅照顾好了年老多病的公爹和弱小的六个孩子；安置了前来投奔的夫妹一家，还冒着得罪凶残的秃老电的危险放走了素不相识的红满……母亲魏明月所做的一切是自然灾害年代种种沉重中唯一的亮色，是人性光芒的闪亮，更是一名母亲伟大母爱的爆发及拓展。在刘庆邦的小说中，很多母亲都是无名的。对于刘庆邦而言，这些母亲们的名字无关紧要，毕竟，凭借"妈妈"两个字已经足以构成这类角色在小说中的全部内涵和意蕴。刘庆邦并非想以母亲的无名来局限女性。只是，唯有妈妈这一称呼才能衬托刘庆邦通过蒋妈妈等人物形象表达的人间大爱。长篇小说《黑白男女》中的蒋妈妈就是刘庆邦小说中最具代表性的母亲形象。蒋妈妈的称呼是跟随着丈夫及儿子被命名的。蒋妈妈是现实中种种类似想象的具象化表现。蒋妈妈也是遇难矿工的家属，就实际境遇而言，她所承受的悲痛其实比其他的矿难家属们更为深重。不同于很多遇难矿工家属们对悲痛往事的彻底掩埋，为了帮助其他人，蒋妈妈需要时不时地将自己心底深藏的悲伤挖掘出来，并展示于人前。为了警示矿工注意采煤安全，蒋妈妈就常常以自身的经历告诫矿工们安全生产的重要性，提醒矿工要为了亲人们记牢血和泪的教训，以自身的平安换来全家的喜乐安康。为了让遇难矿工家属们彻底消散心底伤痛的郁结，蒋妈妈不仅时时现身说法，以自己的亲身经历告诉大家如何走出悲伤，还将遇难矿工家属们带回自己家中。在某种意义上，蒋妈妈的家已经成为矿工家属们自发的精神抚慰中心。为了保护在丈夫遇难后屡屡遭遇欺辱的心智不健全的王俊鸟，蒋妈妈更是像对待女儿一样地照顾她，为她换衣、洗头、剪指甲，还时时刻刻帮助她提防着那些心怀不轨的人……厚重而深沉的母爱与生俱来地流淌在女性的身躯中。母爱作为人间最宽广的真情，能够滋润、唤醒、激发出世间更多的真情和无限的善意。

对女性的书写还成为刘庆邦考量时代变化及价值关照的一种途径。毕竟，以对特定女性"人生态"的深度刻画，可以使我们从人性视角、文化意义及时代存在等层面发现"见与未见"，来解读现实中的种种境遇与存在。欲望中的女性和被欲望注视着的女性是刘庆邦描绘存在意义的深刻所在。欲望视角也成为刘庆邦再现繁杂世相的最佳选择。

欲望是指因人的本性产生的想达到某种目的的需求，其本身并无善恶的区分，是一种源于生理及心理渴求的原始本能、是灵魂的构成，也是与人的生命相伴而生的一种存在。柏拉图认为人类的灵魂由两个重要的部分组成：其一是用于思考推理的理性部分；其二是用以感受爱、饿、渴等物欲之骚动的欲望。德勒兹认为欲望是现实实践中实现的生命力的存在。因而，欲望以本身具有的丰富内涵成为涉及生命、人性、价值等多种存在的复杂承载。

中国文学一直有书写欲望的传统：张爱玲以消解书写欲望，在小说文本中完成了从故事向哲思的超越；墨白以欲望为切入

点，以被称为欲望三部曲的《裸奔的年代》《欲望与恐惧》《手
的十种语言》等作品描摹了社会变革时期人们对物欲、权欲、
情欲的执着追逐；肖仁福的《仕途》以当下的现实生存为背景
着力表现了欲望对特定人群的影响及侵蚀；莫言在《四十一炮》
以变形的夸张及荒诞的手法展示了中国农村在市场化和城镇化
进程中因欲望而引发的一系列思想、行为上的混乱与迷失……
与这些作家的欲望书写相比，刘庆邦的小说创作是与众不同的。

　　刘庆邦书写欲望时擅长以女性为侧重点探究有关伦常、发
展、人性的种种，并在文本的重叠及融合中，进一步拓展意义
空间。值得注意的是，在进行欲望书写的时候，刘庆邦虽然一
直遵循着"对某种可怖的而且是不可抗拒的必要性的肯定"❶，
但他真正追寻的其实是以欲望为名的道德伦常与生存法则的重
建，而非对非常态情感表现方式及极端性格形态的再现。

　　刘庆邦小说中的欲望写作往往集中于两类女性：沉迷于欲
望中的女性及被欲望注视的女性。在这些女性身上，我们可以
看到种种欲望的影子，对性的欲望，对金钱的欲望，以及到城
里去的渴望。这些女性要么被欲望所困，要么因某种欲望而陷
入困境。从这些困于欲望的女性个体出发，刘庆邦试图超越局
限，在原始本能之上，他尝试在时代的背景中、他者的视野中、
历史的变迁中去寻求人性本源上的阐释。

　　乡土世界是宁静而祥和的，但在刘庆邦小说的某些局部或
特定的瞬间，民间却成了一派欲望蒸腾的所在。在众多欲望之
中，刘庆邦用笔最深的是关于男欢女爱的性欲书写。最初，人

---

　　❶ ［法］雅克·德里达. 书写与差异［M］. 张宁，译. 北京：生活·读书·新
知三联书店，2001：417.

类并未将"性"界定为某种禁忌，福柯说过："在17世纪的初
叶，人们对性还有几分坦诚。性生活不需要什么隐秘，言谈之
间毫无顾忌，行事也没有太多的掩饰……那时，人们举止坦露，
言而无羞，公然违反礼仪规范，裸体示人和随意做爱，对此，
成年人开怀大笑，夹杂在大人们中间的小机灵鬼们也毫无羞耻
和局促之感。"❶ 原始激情的《摸鱼儿》，热烈奔放的《玉米地》
都以"举止坦露，言而无羞"的性欲呈现表达了人性深处最浑
然天成的回归。与此同时，在面对性之"魅"之时，刘庆邦的
书写也从未曲笔或有丝毫的矫饰。在小说《到处都很干净》《一
句话的事儿》《嫂子与处子》等小说中，我们可以领略到刘庆邦
书写性欲时的坦荡：小说《到处都很干净》不着一字之实却写
尽了风流；《一句话的事儿》中以"你这一辈子要喝五眼井的
'水'"一句话预设了全文的叙事走向，使整部小说笼罩在浓烈
的"性"之隐喻之下……刘庆邦小说中的性欲书写直接却从不
直露。在《嫂子与处子》中，"阶级斗争"成为二嫂、会嫂与
地主孩子民儿之间情事的最佳掩护。在他们的故事中，刘庆邦
以"绿汪汪""鼓堆堆""黏糊糊"等农作物生长过程中浓墨重
彩的热烈，表达了性欲之"魅"的浓重。以这样的热烈为掩映，
田野中各类植物所萌生出来的澎湃生机也仿若化身为一片蒸腾
的欲望。人类的性欲也因而得到了彻底的释放、张扬并或仿佛
获得了某种程度上的"正名"。

　　以女性为视野，刘庆邦还在文本中发现了因性欲而生的种
种罪恶。性欲是人的基本诉求。刘庆邦以人物的境遇、选择、

---

❶　[法]米歇尔·福柯.性经验史[M].余碧平，译.上海：上海人民出版
社，2000：3.

行为来分析其内在的诉求。理解一个人诉求的过程，其实就是在洞察她的人性。在描摹性欲之"恶"时，刘庆邦往往从人物的具体行为切入，进而识破其背后扭曲的人性，其中最具代表性的作品是小说《不定嫁给谁》和《双炮》。《不定嫁给谁》中的小文对错过与田庆友婚姻的不甘、《双炮》中的翠环对丈夫双胞胎弟弟的觊觎都源于人性深处的性之本能。不凡的刘庆邦从未将笔触停留于故事的表面，他擅长运用平实的文字点燃爆裂性的力量。以性欲为故事的切入点，刘庆邦进入了人性之阴暗，在罪恶的传递及强加罪恶于他人的爆裂中，挖掘出人心深层最真实的丑陋。我们会发现，愈是面对惨烈的现实，刘庆邦的文字会愈加平实、愈加淡然。因而，在小说《双炮》的结尾，翠环的罪恶最终造成了小如、二炮、大炮等三人相继离开人世。即便是这样的惨烈，刘庆邦的叙述依旧平静如水，没有任何愤怒或激烈。的确，在这样深重罪恶的掩映下，任何语言的表述都只会显得苍白而无力。相比较而言，还是这样平实的文字选择更为恰当。

在刘庆邦的小说创作中，性欲书写主要体现在三种维度：性欲的天然、性欲之"魅"、性欲的罪恶。以这三种维度，刘庆邦对人的需求、行为的动机、人性的形成进行了深入的思考，并试图以对人类行为的全方位探求最终凸显出人性的本源。

因地域及历史的局限，刘庆邦笔下的女性往往拥有一种不约而同的集体无意识，那就是"到城里去"的欲望。这种迫切的心理期盼其实并不局限于乡村女性。在中国几千年的历史中，农民进城一直是一个重大的社会命题。由于历史、社会发展等客观性的原因，我国一直存在很大的城乡差别。一方面，中国人有着重土难迁的历史；另一方面，因为贫困、天灾、战争等种种原因，中国的农民一直在不断地远离着乡土。刘庆邦曾经说过："我斗胆下一个判断，我国几千年的历史，从某种意义上讲，就是一部进城和反进城的历史。"❶ 多年来，无数农民以高考、参军、招工等种种方式进行着对乡土的突围，尝试改变自己及后代面朝黄土背朝天的命运。刘庆邦其实也属于进城农民中的一员。因而，在刘庆邦的文字中，我们能屡屡看到人们为了实现"到城里去"的愿望而努力着、奋斗着。客观而言，"到城里去"是一种对生活的诉求和向往，成为支撑着刘庆邦小说中很多人物存在的力量。刘庆邦小说中承载到"到城里去"欲望的人物并非仅仅局限于女性：《红煤》中的宋长玉、《回家》中的梁建明就是被"到城里去"欲望的驱使而疲于奔命的男性代表。但就人物数量和性别覆盖面而言，刘庆邦还是更偏爱以女性形象来承载"到城里去"的欲望表达。毕竟，以女性为对象的表达就使得"到城里去"欲望的抒发显得尤为迫切而惨烈。选择以女性为角度切入"到城里去"的欲望书写就可以被认定为刘庆邦小说创作中的匠心与巧妙了。

　　囿于历史的原因及地域的局限，"到城里去"成了刘庆邦笔下乡村女性一种较为集中的心理期盼：《到城里去》中的宋家银、《月光依旧》中的叶新荣、《红鹅》中的大田就是其中典型的代表。在小说《到城里去》中，精于计较、能干持家的宋家银终其一生的梦想就是"到城里去"，结婚、丈夫、生活、孩子……她人生的一切行为都是为了实现到城里去的最终目的而努力着。宋家银的一生其实是与"到城里去"的欲望进行的一场异常艰难而持久的战争，最终却依然没有实现。面对城市对

❶　刘庆邦. 红煤 [M]. 北京：北京十月文艺出版社，2006：372.

乡村生活及思想观念的冲击，刘庆邦以"到城里去"这一集体
性的强烈欲望为突破口表达了对当代农民精神困境的关注。进
入城市对于这些农民到底意味着什么，他们能获得什么？他们
又终将失去什么？这些是刘庆邦关注的焦点，也是他在小说中
反复提及的诘问。小说《月光依旧》中终于实现了进城梦想的
叶新荣就是刘庆邦笔下囿于这种困惑而不能自拔的直接表达。
在二十多年的等待之后，在众多乡邻们的艳羡中，叶新荣终于
随丈夫以"农转非"的身份来到矿井成了一名真正的"城里
人"。但远离了土地的叶新荣同时失去了收入的来源。为了家人
的生计，叶新荣只能依靠到田野里掐野菜、去矸石山上捡煤块、
去地里拾麦穗等种种途径来维持家人日常生活中的必需。虽然
叶新荣最终实现了"到城里去"的梦想，但"到城里去"到底
意味着什么，是否真正意味着美好生活的开始呢？这是刘庆邦
对叶新荣们的提问，也是他留给读者深思的问题。最终，叶新
荣看着煤矿和周围的群山，看着周围的一切都很近，却"对她
和她所种的庄稼构成了包围压迫之势"。这正是叶新荣在被矿井
（城市）一点点的侵蚀中，个人的一切已经所剩无几的真实生活
写照。实现了"到城里去"欲望的叶新荣就这样被包围着，被
压迫地继续着她在城市中的艰难生活。在小说《红鹅》中，刘
庆邦将女主人公大田强烈的"到城里去"的欲望演绎成为一场
血淋淋的杀戮。大田以砍下丈夫钟爱的白鹅头颅的举动表达了
自己"到城里去"的强烈决心。在某种意义上，大田与丈夫的
争执是坚守传统的乡土文明与奔赴城市的现代文明之间的较量，
是人类生存境遇中的普遍困境，也是刘庆邦借助"到城里去"
的欲望引发的深层思考。借助"家园何在"的慨叹，刘庆邦其
实并未在小说的文本中留下答案，他只是将无奈与迷茫留存于

文字间，并为我们留下掩卷长思的余地。

　　在对性欲及"到城里去"欲望进行书写的时候，刘庆邦的态度大都是包容的。在小说文本中，他尝试以双向性的理解面对并发现性欲及"到城里去"的欲望带给乡村女性的种种影响和对个体生活的改变。但面对金钱欲望的时候，刘庆邦的写作态度发生了改变。刘庆邦小说中出现了众多沉沦于金钱欲望而不能自拔的乡村女性。这些女性原本成长在乡土传统文明之下，随着时代的发展、物质文明的挤压，原本质朴而单纯的她们却纷纷被物欲所俘获。20世纪70年代末，我国实行的改革开放政策不仅给我国经济带来了巨大的繁荣，也使我国的社会伦理、价值认知发生了巨大的变化。刘庆邦以此为写作背景对人性的堕落进行探索，同时毫不回避主体性因素在女性蜕变过程中的重要作用。他以追踪式的呈现再现了这些灵魂逐渐被金钱所困、最终迷失的全过程。小说《最后的浪漫》里的梅闺儿和恋人金子明历经了重重磨难来到煤矿工作。面对着金钱的诱惑，梅闺儿却主动投身到窑主杨海的怀抱之中，成了金钱的俘虏。小说《家园何处》中的女主人公停在金钱的诱惑下变成了自己所鄙视的用肉体挣钱的人。因追逐金钱而放弃了自己的爱情与梦想的停最终却发出了"哪里是我的老家，谁是我的亲人，有谁能保护我"的无望的质问和嘶鸣。小说《兄妹》中的女主人公心也是一个被金钱摧毁了的悲剧性人物。身边人对金钱的热衷和不顾一切最终摧毁了心残留在心底的最后一点儿希望。在对金钱的欲望和贪婪中，这些原本淳朴的乡村女性最终迷失了自己。这些乡村女性最大的悲哀在于：城市不是想象中的城市，故乡也不再是记忆中的故乡，她们最终面对的其实正是家园不再、没有归处的悲哀。

在刘庆邦的一些小说中，女性角色始终被欲望注视着，整个文本也因此呈现出些许欲望的气息。当刘庆邦注目处于性欲中的女性时，他关注的其实是性欲的自然发生和纯粹表达；当刘庆邦关注着被性欲凝视着的女性的时候，他则以道德及伦理上的考虑来思考时代和社会中种种让人困惑不已的问题。刘庆邦在《家道》中说过："男人和女人的关系，都非常紧密和赤裸，每一层关系里都有故事可以挖掘，每一个故事都包含着人性的复杂和人性的魅力。"❶ 被欲望注视的女性则构成了刘庆邦小说文本中人性的复杂。

钟爱、审慎或厌恶，刘庆邦分明对笔下的女性持有泾渭分明的态度。在她们身上，饱含着刘庆邦浓郁的个体情感及典型的生活理想。这是刘庆邦隐藏在小说深处的男性视角，也是他独特的文化心理选择。毕竟，男性意识是一种思想背景，是男性作家进行文学创作时无法回避的意识来源之一。作为一名男性作家，刘庆邦在描述被性欲凝视的女性时，其实也呈现着男性"凝视"女性时的规训。劳拉·穆尔维说过："在一个由性的不平衡所安排的世界中，看的快感分裂为主动的/男性和被动的/女性。"❷ 无论在乡土，还是在矿井，女性都无可避免地暴露在男性的目光之中，成为被凝视、幻想和规训的目标。刘庆邦的小说《走窑汉》《家属房》《心事》可称为这类欲望主题书写中的代表作。在这类小说中，刘庆邦往往讲述着相似的故事，即在男性欲望的骚动、压抑、畸变中，女性失去自由、尊严乃至

❶ 刘庆邦. 家道 [J]. 北京文学, 1995（5）：17.

❷ [美] 劳拉·穆尔维. 视觉快感和叙事电影 [A]. 周传基，译//李恒基，杨远婴. 外国电影理论文选. 北京：生活·读书·新知三联书店，2006：643.

生命，成为被欲望凝视的牺牲品。小说《麦苗青青芦芽红》就以被欲望凝视的女主人公董新丽为主线，讲述了现实的残忍及女性因欲望而遭受的种种蹂躏及践踏。"文化大革命"期间，新媳妇董新丽的丈夫在结婚十二天后就返回煤矿继续工作。当时"苇塘里新发的芦芽是紫红色的，根根又尖又硬，穿透力相当厉害。如果有一块砂礓，刚好挡在待发的芦芽上方，芦芽不仅会毫不客气地把砂礓刺穿，还会像用锥子扎蛤蟆一样把砂礓举起来。春风响，人脚痒；芦芽发，快脚男女心里痒得像猫抓"。❶在小说中，刘庆邦以对农作物生机盎然生命力的描写暗喻了人们澎湃的欲望，小说中芦芽的生长正象征了人们暗流涌动的性欲。在这样澎湃的性欲流动之下，董新丽与宋怀文偷情的性事就自然而然地成为一场全村男性兴致勃勃参与的意淫的狂欢了，"村里好久都没有出来这样让人兴奋的事了。消息传开，连满树的杏花都有些兴高采烈"❷。后来，董新丽在批斗会上被迫回答了她与宋怀文偷情时的所有细节，而这些细节则变成了手抄本被广为流传。最终，在种种压抑之下，村里的人们虽然还能看到董新丽这个人，但"她除了管住自己的眼，她还管住自己的嘴……董新丽成了一个哑巴"❸。刘庆邦一直擅长运用平实的文字淡然地讲述残忍。在小说《麦苗青青芦芽红》中，刘庆邦以性欲为视角，批判的是村中比"看客"恶劣得多的众人。以董新丽的过错为借口，村中的众人唤起了一场宣泄被压抑性欲的集体性狂欢。在这种意义上而言，村中的众人是真正的地狱，

---

❶ 刘庆邦. 麦苗青青芦芽红［J］. 作家，2011（2）：63.

❷ 刘庆邦. 麦苗青青芦芽红［J］. 作家，2011（2）：65.

❸ 刘庆邦. 麦苗青青芦芽红［J］. 作家，2011（2）：69.

他们以压制的力量对董新丽进行了精神上的凌迟、集体性的
"强奸"，而且这种"强奸"还是永无止境的。同时，在小说
《麦苗青青芦芽红》中，董新丽（女性）作为欲望的符号在满
足男性欲望的过程中，却因对社会恪守行为准则的偏离成为最
终的被损害、被侮辱者。这种侮辱正源于男权文化对女性的制
约和惩罚。董新丽（《麦苗青青芦芽红》）、小娥（《走窑
汉》）、雄的老婆（《血劲》）等女性都在"监督的凝视"中被
惩戒着、被规训着。同样，以性欲下的被凝视为背景，刘庆邦
还塑造了以小说《给你说过老婆》中的主人公王东芹为代表的
另一类女性形象。表面看来，小说《给你说个老婆》的故事原
型与《走窑汉》《拉倒》极其类似，都讲述了矿井世界中一个
女性与两个男性间的情感纠葛。不同于《走窑汉》《拉倒》中
的惨烈，王东芹的洁身自好使小说《给你说个老婆》走向了另
一种方向。王东芹的无限忠贞化解了本应爆发于三人之间的激
烈冲突，她弥合暴力、血腥于发生之前。在某种意义上，《给你
说个老婆》中的王东芹、《黑白男女》中的卫君梅、《远山》中
的容玉华都以忠贞的特质符合了男性社会对女性的规范，她们
的存在完成了男性想象中关于理想女性的建构。以被性欲凝视
着的女性为指向的小说书写，体现了一种控制的权力。毕竟，
男性从未失去"凝视"女性的特权，就如同他们也从未放弃
过对女性的"规训"一样。就这一层意义而言，身为男性的
刘庆邦也未能免俗，这其实正是他内心深处对理想女性的一种
期待。

　　在刘庆邦的小说创作中，女性其实是观照两极世界的哲性
存在。通过她们，刘庆邦执拗地追寻着恒久的信仰，并最终阐
述了一种温暖意义中的价值美学观。与此同时，刘庆邦对女性

形象的性别视阈书写还具有深广的社会学意义。毕竟，刘庆邦笔下女性的浅吟低唱不仅是对女性的关注，更是对女性主体意识的引入，并上升为对现代化文化进程的审视及反思。以女性的存在，刘庆邦不仅展示了乡村女性的多元形态，更以对女性的"重写"涵盖了现代性与女性意识间的相互交织与互为成长，并最终建构出一个独具韵味的"刘氏女儿国"。

二、描摹：黑白隐喻中的灵魂呈现

对于刘庆邦而言，矿工群体是他在人生历程中偶遇的后天亲缘。经过与矿工群体多年的生死相依与情感共振之后，刘庆邦一直坚持于将自己放置在矿工之间写作。他以气血相通的感受体味着矿工的悲欢、离合、愤怒以及哀愁，并以情感的贴合和地缘的融入引发了关于矿工整个群体的深刻认知。在刘庆邦的小说中，他以矿工群体为关注视角，实质上完成的是对中国农民的深层认知及真切体味。刘庆邦说："有人说，认识中国就要认识中国的农民；我说，认识中国的农民就要认识中国的矿工，中国矿工也是中国农民的另一种命运形态。矿工多是离开土地离开了田间耕作的农民，他们仍然具有农民的心态，农民的文化传统，只是他们比田间耕作的农民更艰难也更具有强韧的力量，这是一群看透生死的人。"❶ 刘庆邦以黑与白的隐喻想象为界表达了对矿工深入骨髓的描摹，并通过矿工的复杂境遇

❶　刘庆邦. 卧底 [M]. 成都：四川文艺出版社，2007：封底题记.

对其行为背后的种种内在逻辑进行探究。因而，刘庆邦表现的不仅是矿工生活的表象，更是以深刻的体认来发现矿工生存中的真实。

经过几十年的发展，我国"煤矿"题材的文学创作已经形成一定的规模：一方面，经过长期的积累，我国文学史上留下了《黑石坡煤窑演义》《原色》《我的兄弟我的矿》等一系列优秀的煤矿题材文学作品。另一方面，因行业的具体特点和环境的局限等原因，煤矿题材文学也形成了相对稳固的创作模式。在很多煤矿题材的文学作品中，因工作环境的恶劣及矿难的频发等客观原因，矿工往往被塑造成悲剧的代言人，经历着重重的磨难。刘庆邦笔下的矿工形象更为立体而丰满，他们有的经历过成长的磨砺、有的感受过眷恋的柔情、有的经受过刻骨的痛苦……毕竟，以生命表达来呈现人性的复杂正是刘庆邦一直探寻的目标。

因而，刘庆邦在小说中描绘了无数形神兼备的矿工形象，他们年龄各异，形象不同：《红煤》中勤勉友善的杨师傅、《走窑汉》中阴沉凶狠的马海州、《黑白男女》中痴情执拗的蒋志方、《别再让我哭了》中情意深重的孙保川、《幸福票》中顾家老实的孟银孩……这些矿工有着各自不同的经历，却拥有着相似的人生。刘庆邦首先以种种"同"为他们归类。这些人物身上往往拥有一些矿工所独有的印记：浑身漆黑、一口白牙、身带煤癍。煤癍是煤炭颗粒在人皮肉间的残留，是人与煤炭长年累月接触后的异化作用。蓝色的煤癍是区分矿工身份的重要标志。刘庆邦笔下的矿工身上经常留有这种在煤矿工作多年的标志性印记。《红煤》中的"澡堂工是一位老矿工，额角有一块明显的蓝色煤瘢"，❶……以形象的"同"为延伸，刘庆邦进一步发现了矿工内在的"同"。在经过矿井的洗礼后，矿工具有的最重要的"同"是他们的韧性、精神及认同意识。刘庆邦笔下的矿工往往蛮横而又勤劳、暴力却又淳朴，是以相同的精神汇聚起来的在同一个行业中劳作着的人们。"同"中求有异，偏爱书写两极世界的刘庆邦又以黑和白的隐喻书写了他对亲如兄弟的矿工的不同认知。

"黑"是刘庆邦书写矿工形象时最惯用的字眼。刘庆邦认为："黑色，是人们司空见惯的一种颜色，是一种具有抹杀功能的颜色，比起赤橙黄绿等其他颜色来，是一种并不被人们看好的颜色。"❷"黑"正是矿工所存在的矿井世界中最真实的写照。"黑"是矿工生存周围的主调，"窑下到处都是黑的，水是黑的，空气是黑的"。❸矿工在暗无天日的煤矿中作业，无边无际的黑是他们首当其冲的生存环境，也是促使他们心灵及人性发生异化的原罪之一。"黑"也是矿工生活中的常态形象，"他们都是黑脸，长头发，睁眼才见眼白。有一个窑工在揉头发，揉眼睛，一揉，头发里面的存煤和脸上的煤皮子就掉了下来，落在谷草上沙沙响……那个窑工从被窝里出来了，他一丝不挂，全身上下也是黑的。"❹

可见，刘庆邦偏爱用工笔的笔法细致地对矿工进行描摹，"煤粉夸大着汗毛，使汗毛变得有些粗，每一根汗毛都像是一株

❶ 刘庆邦．红煤［M］．北京：北京十月文艺出版社，2006：8.
❷ 刘庆邦．风中的竹林［M］．北京：求真出版社，2012：58.
❸ 刘庆邦．逃不过自己［J］．啄木鸟，2004（8）：47.
❹ 刘庆邦．卧底［M］．成都：四川文艺出版社，2007：18.

黑色的小树。连起来看，他的后背就像是一块大面积的黑色森
林"。❶ 这样精彩绝伦的细部是刘庆邦对矿工特质的最实质性捕
捉。继而，刘庆邦将外在的形象上无处不在的"黑"延伸至内
在的存在中。在这片暗无天日的所在，生命脆弱、人性扭曲、
欲望压抑，这样的种种使得整个"矿井世界"充斥了让人难以
想象的暴力和血腥。在矿上工作的九年时间中，刘庆邦"有机
会看到一层地狱般的生活"❷。因而，在这样的酷烈、残暴和阴
暗中，有些矿工的底色也演绎为阴沉的黑色。如《走窑汉》中
的马海州、《卧底》中的二锅子、《哑炮》里的李玉山，他们都
以扭曲的人性呈现了人生的阴暗。在刘庆邦塑造的所有矿工中，
《神木》中的宋金明和唐朝阳当属最为阴暗的存在。《神木》讲
述了一个让人不寒而栗的故事，矿工宋金明和唐朝阳事先物色
好"点子"，"点子是他们的行话，指的是合适的活人。他们一
旦把点子物色好了，就把点子带到地处偏远的小煤窑办掉，然
后以点子亲人的名义，拿人命和窑主换钱"❸。在《神木》五万
六千余字的篇幅中，刘庆邦花费了约两万五千字，以接近一半
的篇幅，极尽笔墨描述了点子元清平被两人选定、带走、谋害
的全过程。刘庆邦以平静的笔触、不动声色的腔调将鲜血淋漓
的谋杀过程讲述得仿若只是生活中的平常。其中，最让人不寒
而栗的其实是宋金明和唐朝阳两人杀人之后的若无其事。生命、
怜悯、善意……世间所有的美好都不能让他们动容，也不能阻
止他们不动声色的冷冽杀戮，"紧接着，唐朝阳在他'哥哥'头

---

❶ 刘庆邦．风中的竹林 [M]．北京：求真出版社，2012：58．
❷ 刘庆邦，夏榆．得地独厚的刘庆邦 [J]．作家，2000（11）：76．
❸ 刘庆邦．卧底 [M]．成都：四川文艺出版社，2007：188．

上补充似地的击打了第二镐，第三镐，第四镐"❶。米兰·昆德拉说："小说在探寻自我的过程中，不得不从看得见的行动世界中掉过头，去关注看不见的内心生活。"❷ 在《神木》中，刘庆邦也尤为关注了对人物内心世界的处理。他以简约的言语介入了唐朝阳和宋金明复杂的内心，在他们二人的一言一行、一举一动中找寻着两人凶残行径的根源。进而，透过宋金明和唐朝阳两人简约却清晰的犯罪动机，我们在这个惨绝人寰的故事中发现了刘庆邦的不同：他通过极致的恶穿透现实，使我们从现实的肌理间直抵到那些震撼人心的深层；同时，他又对极致的恶施与了深深的怜悯，表达了向善的期许。最终，当宋金明为了拯救元凤鸣而选择与唐朝阳同归于尽的时候，是全文中最具希望的时刻，给人们留下了善意和希望的期许。也直到那时，我们才能真正地理解刘庆邦以"神木"为本篇小说命名的真正内涵。刘庆邦对"神木"的解释出现在小说的后三分之一，"发现这块带有树叶印迹的煤时，王风显得十分欣喜……这树叶就是煤的魂哪……老窑工说'这你就不懂了吧，煤当然有魂。以前这地方不把煤叫煤，你知道叫什么吗……叫神木'。"❸ 在刘庆邦的笔下，"神木"的出现与王风的获救之间存在某种隐约的关联，是"神木"保护了王风？还是"神木"终于按捺不住要惩戒宋金明以及唐朝阳？小说没有给出明确的答案，我们只知道，在冥冥之中，心存善意的人会对"神木"的存在表达出神圣的敬畏，也许正是这种不确定的敬畏在深无底限的黑暗中保护了

❶　刘庆邦. 卧底 [M]. 成都：四川文艺出版社，2007：204.
❷　[捷] 米兰·昆德拉. 小说的艺术 [M]. 董强，译. 上海：上海译文出版社，2004：30-31.
❸　刘庆邦. 卧底 [M]. 成都：四川文艺出版社，2007：234.

王风，让这个未成年的男孩活了下来。以"神木"作为煤的命名其实是刘庆邦用以折射时代价值取向的追寻。"神木"不仅是对自然的敬畏，也是对曾经过往的敬畏，代表着刘庆邦对这个时代失去的神性的深情呼唤。"神木"所代表的期许正是全文真正的点睛之笔。毕竟，呼唤自然和人性深处的神性才是刘庆邦心底最殷切的期盼。

虽然刘庆邦花费了大量的笔墨对"黑色"进行描摹，但表现"黑"并非刘庆邦的最终目的。由黑而白，展示矿井中的美好与希望才是刘庆邦描摹矿工世界的真正意旨。"白"是刘庆邦小说中书写矿工时的另一种意味。矿井世界的主色是黑色的：煤是黑色的、矿山是黑色的，甚至矿工也是黑色的。因而，矿工往往对日常生活中不易得到的其他色彩极其偏爱。长篇小说《红煤》中曾下过一场平常却不寻常的雨，五颜六色的花伞将一场突如其来的雨变成了矿工平淡日常中的一场盛宴，"一把黑伞都没买，买的都是花伞。有红伞，必有绿伞；有黄色的，必有蓝色的；有大花的，也有细花的；有花色鲜艳的，也有花色淡雅的，赤橙黄绿青蓝紫，称得上五颜六色……一时间，喜人的伞花无处不在。蹬上楼顶往连接南井北山的那条柏油路上看，如烟的雨雾中，只见花伞不见人，仿佛每一把伞都是雨中盛开的花朵"。❶ 缤纷的颜色让矿工愉悦，整个矿区也因喜人的气氛而也变得轻松、绚烂。面对着其他的颜色的出现，矿工尚且这么欢喜，那么当矿工最喜爱的白色出现时，整个矿区又是怎样一种情境呢？

矿工一直被黑色环绕着，因而，白色是他们最喜爱的颜色。

---

❶ 刘庆邦．红煤［M］．北京：北京十月文艺出版社，2001：32.

"白"是刘庆邦进行煤矿题材小说创作时最偏爱的一种色彩隐喻，指向了人性的美好及人间的善意。《皂之白》和《黑白男女》中的"白"最贴合刘庆邦对美好及善意的表达。小说《皂之白》中的主人公匡某火是一名有洁癖的矿工，为了不在煤矿浑浊的公共汤池里洗澡，他在野外的树林中为自己建造了一个天然的洗澡池。金黄的麦地、清澈的溪水、歌唱的斑鸠……这个宁静、野趣、自然的场域是匡某火以桃花源般的存在来勘破并逃避现实中种种纠结的所在。同样，以洗澡为名进行自我隔绝的心理投射是匡某火以一己之力冲破周遭污浊，并重返原始和自然的努力。当然，以刘庆邦的深思，他绝不会仅将濯洗的"白"限定于匡某火的身体。在以身体洁净为隐喻的框架中，刘庆邦追求的是一种精神上的高洁。

在《皂之白》中，刘庆邦提出，"白与黑一发生对比，白以闪亮的形式，立即显现出来"。❶匡某火对"白"的执着更多的是在精神上洁净及人性中的坚守。因而，具有皂之白精神的匡某火不仅能抵御色欲的诱惑，拒绝了和他一同借住于废弃窑洞中的按摩女大于和小于的反复引诱；也能在权力和金钱的利诱下不为之所动，拒绝了矿上官员和前来作画画家的多次邀约。精神的高洁才是小说《皂之白》的真正灵魂所在，是小说中更具深意的存在。

在煤矿题材小说的写作中，刘庆邦一直尝试着对矿工内心深度挖掘。毕竟，在表层的行为、举止塑造之下，并不是每一位书写矿井的作家都擅长或敢于对矿工种种个体及共性行为之下的内在逻辑进行挖掘的。从小说创作初期，刘庆邦就一直尝

---

❶ 刘庆邦. 风中的竹林 [M]. 北京：求真出版社，2012：60.

试从心理的深层中寻求对矿工的理解及认知。1985 年在《北京文学》上发表的短篇小说《走窑汉》是刘庆邦的成名作，从这部小说开始，刘庆邦就开始了对矿工心灵深处的触及和挖掘。在小说结尾处，听到妻子小娥跳楼的消息时，马海州"呼地站起来……可是，他又坐下了"。❶ 有力而简洁的结尾将马海州内心深处无数的波涛涌动虚掩于平实的文字间。但这已足以唤起读者的深思了，小娥为什么要跳楼？马海州为什么坐下了？是什么样的内在心理及波动促使马海州选择了这样冷血、酷烈、极端的行为？选择了这样的人生？对矿工种种行为背后内在逻辑的探究和深思才是刘庆邦书写矿工故事时深沉的目标所向。因而，在文本的行进间，我们尝试了解的是在马海州的阴险决绝、木的沉默坚决、孙保川的感伤柔韧背后隐藏着的行为逻辑，是什么样的力量超越了平常的存在而爆发，又是什么原因突破了现实的沉闷而成为触动人性深处的一簇又一簇的火花？刘庆邦的小说表现现象，并留下思考。而这些思考也的确足以让我们无数次地重回文本，在人物的行为中找寻逻辑并有所感悟。

对于矿工群体而言，最为集体性的焦虑其实是关于身份的纠结。依照斯图亚特·霍尔（Stuart Hall）的观点，文化身份至少可以有两种不同的思维方式。第一种立场把文化身份定义为一种"共有的文化"❷。这种产生于共同历史经验和共有文化符码中的身份，成为变化莫测历史中一种持续的稳定。在这一层面的意义中，身份就成为某一特定文化所特有的、同时也是某

---

❶ 刘庆邦. 刘庆邦短编小说选（点评本）[M]. 北京：作家出版社，2012：10.

❷ 罗钢，刘象愚. 文化研究读本 [M]. 北京：中国社会科学出版社，2009：209.

一具体民族与生俱来的一系列特征，是一种本质主义上的恒定。第二种立场则认为，文化身份既是"存在"又是"变化"❶ 的问题。在这个意义上，身份是一种随历史发展和观察角度发生变化的定位，是通过差异和改造不断生产和再生产的更新过程，具有结构主义的特征。在刘庆邦的笔下，矿工的身份是含混、复杂的，只有将霍尔对文化身份的两种思维方式结合起来，从本质和结构两个方面出发，才能真正理解矿工错综复杂的身份品格是如何在"历史、文化和权利的不断'嬉戏'"❷ 中产生的。以身份为介质，刘庆邦揭示了对矿工存在的深层认知。身份的纠结是矿工行为背后最现实的逻辑。因为历史和社会的原因，许多到煤矿工作的矿工并非正式工人，他们的身份被界定为"农民转换工"，这也意味着到煤矿工作并未帮他们脱离农民的身份。对于很多"走窑汉"而言，成为真正的矿工是他们脱离农民身份改写自我乃至族代命运的唯一途径。因而，通过煤矿的工作实现"农转非"，即由"黑"转"白"是许多农民矿工至高的梦想。作为"到城里去"的一个缓冲带，一种具体可实现的路径，在煤矿工作、成为真正的矿工就成为许许多多的农民子弟不惧生命威胁、前赴后继奔赴"黑暗"的最真实理由。《黑白男女》中的蒋志方、《别再让我哭了》中郑师傅的儿子都是以这样极致的渴望奔赴矿山的众人中的一员。在这些人物中，长篇小说《红煤》中的宋长玉是最具代表性的，他的前半生就是为求得身份改变而一直与命运、生活相抗争的纠结过程。

矿工对身份的纠结还体现在对各种欲望的抗争与顺从。在

❶ 罗钢，刘象愚. 文化研究读本 [M]. 北京：中国社会科学出版社，2009：211.
❷ 赵稀方. 小说香港 [M]. 北京：生活·读书·新知三联书店，2003：3.

一定的意义上，遥远的矿山是一个因隔绝和封闭而自在的存在。在这里，法律、伦常等社会准则都因遥远而变得有些陌生，人性深处的许多欲望却在生命无常的境况中愈加地升腾。我们在刘庆邦小说中看到了许多爆裂或极端的行为，以及这些行为背后隐藏的在欲望驱动下种种真实的人生。《神木》中的矿工唐朝阳和宋金明令人齿寒的冷血与暴力，产生于对改变赤贫生活状态的无望和对金钱的极度渴望；《新房》中工作了三十多年的老矿工国师傅在终于分到了新房时那种无与伦比的喜悦，则来自"居无定所"的矿工对"家"的极致渴望；《一块板皮》和《福利》中以矿工对死亡仪式简单而又令人心酸的期许，呈现了矿井世界中生死无状的极度悲哀。在种种欲望背后，我们看到的其实是在死亡阴霾背景下矿工的无力与无奈。在《福利》中，矿领导以一口棺材就能够安抚矿工面对无时不在的死亡威胁的恐慌；而在《一块板皮》中，先进工作典型王军山在因公牺牲后，他的骨灰却被遗弃在矿上的太平间中。几十年过去了，当王军山终于被落土安葬时，陪伴他的却只有一块由做坑木剩下的板皮制成的墓碑。生时无保障，死后无哀荣。矿工的种种顺从和偶然爆发的爆裂其实都源于这样的种种无力与无奈。面对生之困顿，矿工在特定欲望面前的种种行为，哪怕狭隘，哪怕爆裂，哪怕不可理喻，都反映了生死之间对矿工的种种局限，以及矿工对自身存在的种种无奈。以此出发，即便我们不能寻得，但至少能够窥得一些矿工行为逻辑的真正缘起。在矿山的世界中，社会价值取向决定了人的命运与身份归属。以对这些行为内在逻辑的发现，刘庆邦以深沉的悲剧意识表达了对矿工群体的无限悲悯。

刘庆邦小说经常蕴含着深重的悲剧意识，并常以悲剧性的意蕴来表达命运的无常：《心疼初恋》中李美云与张建生间纯净情感的无疾而终，《不定嫁给谁》中小文儿婚姻被命运所左右的无奈，《喜鹊的悲剧》中以喜鹊的悲哀呈现的残忍的社会伦理……在种种无常间，最具代表性的作品应属《响器》。表面看来，《响器》讲述了乡土女子高妮为了实现自己的价值而勇敢追梦的故事。但在刘庆邦的讲述中，付出了贞操代价的高妮即便是"吹响了自己的唢呐"也没有获得真正的自我。在文章结尾，刘庆邦以看似无关紧要的一句话结束了高妮的传奇。当高妮终于掌握了传神的大笛技艺并因而荣登京城画报之时，露脸的仅仅是大笛，高妮真正的自我以遮挡的方式被湮没了。对高妮而言，这应该是最大的悲哀。我们发现，刘庆邦对矿工行为内在逻辑的书写其实与书写高妮、李美云、小文儿时的根源一致。刘庆邦并不局限于对矿工行为的呈现，他更多呈现了人性的挣扎及困境，以及对缺乏主体性的矿工群体的深层行为逻辑的探究。这些是矿工生活的常态，是矿工境遇的现实，也是许多矿工悲剧命运产生的重要根源。

在煤矿这一特殊的生态世界中，刘庆邦拥有同矿工血脉相连的亲缘性，那么，他也必然会感受到与他们一脉相承的疼痛感。在生与死的边界中，伴随着矿井世界永不停歇的轰隆声，以民间特有的烟火气息，刘庆邦以俯下身体的姿态，一直竭力于对矿工世界中最深层疼痛的呈现。长期在《中国煤炭报》工作的经历，使得刘庆邦得以多次奔赴现场，参与煤矿事故的报道，亲历着无数矿工为开采煤炭献出生命、目睹着无数家庭因之解体、无数亲人陷入撕心裂肺、永远无法平复的痛苦中。在种种沉重之中，最让刘庆邦困惑与不满的其实是煤矿事故报道和反省时的针对性。在衡量一场事故的损失时，煤矿最常使用的词汇是"直接""间接""经济""万元"等字眼。连生命的价值都从未被计算在内，就更遑论那些因亲人逝去而产生的经久的痛苦了。因而，刘庆邦一直执着于对矿难事故造成的生命损失痛苦的探究。他认为，任何一名矿工的非正常死亡所造成的精神痛苦都是广泛的，而非孤立的；是深刻的，而非肤浅的；是久远的，而非短暂的……因此，刘庆邦再度延伸了表现矿工的范围，将矿工家属纳入表现的范围之中。他的小说中，矿工家属常常代表生命无常的苦难表达。在这类创作中，刘庆邦常常选择矿难进行故事的起点，继而对涉及其中的人物的心灵及精神损失进行回顾和反思。

《黑庄稼》和《黑白男女》是刘庆邦书写矿难的代表作。通过文字的力量，刘庆邦以造成矿工生命陨落的矿难这一悲剧性的事实为源点，将与矿工工作、生活休戚与共的矿工家属纳入了观察的视野。《黑庄稼》和《黑白男女》两部小说的落脚点是截然相反的，《黑庄稼》讲述的是摧毁，是借白发人送黑发人的悲哀，讲述了矿工的非正常死亡对身边亲人的摧毁。《黑白男女》则侧重于重建，它以一场夺取了138名矿工生命的瓦斯爆炸为背景，讲述了几个遇难矿工家庭的生活巨变及情感重建。因立意的不同，两篇小说在题材选择、视角呈现等方面均呈现出极大的不同。《黑庄稼》侧重于表现一家人在苗壮壮遇难后的种种心理活动。在这个过程中，有自私、有无知、有算计、有伤害、有纠结……但更多的则是痛失亲人后的无助与无奈。虽然，刘庆邦借助苗壮壮的儿子小本留存了一些希望，"小本没有哭出来，他的晶亮的眸子里映着一根绿色的麦苗"❶。但小说中

---

❶ 刘庆邦. 卧底［M］. 成都：四川文艺出版社，2007：69.

更多的还是苦涩，"表情是哭的表情，声音是哭的声音，可爹的眼睛干挤，干挤就是挤不出一滴泪来……"❶ 这样的苦涩与无奈正是小说《黑庄稼》的真实腔调。

《黑白男女》以河南大平一次真实的矿难为原型，描写了在龙陌这个大型煤矿中发生了惨烈的瓦斯爆炸之后的故事。刘庆邦有意在 138 个遇难矿工家庭中选择出幼年丧父、中年丧夫、老年丧子三个不同的样本。以这样一个重大的悲情题材为背景，我们能看到无数的悲剧在众多矿工家庭中的上演。不同于《黑庄稼》中对苦难的表述，《黑白男女》以三个死难矿工家庭：周天杰、老吴、儿媳郑宝兰一家，卫君梅及两个孩子一家，蒋志芳母子一家为主线，着重于"重建"，讲述了在灾难面前遇难矿工家属的相互温暖与自强自立。在重重深重的苦难之下，虽然我们仍能看到人性的卑微和恶劣，但这次，刘庆邦通过《黑白男女》传达的是对人间的责任和深情，并以大爱与大悲悯的情怀书写了善意与希望。虽然直到小说结束，我们仍不知道周天杰一家是不是能够留住郑宝兰；我们也不知道卫君梅能否和蒋志方在一起，我们只知道矿工遗属王俊鸟在蒋妈妈及一众热心人的照料下找回了曾经的快乐，"王俊鸟一下到汤池里就不是她了，一下一下拍水，拍得水花儿四溅。她一边拍水，一边嘻嘻乐，高兴得像个孩子"❷。灾难已然发生、亲人已经逝去，从矿工家属对矿工形象的延伸是刘庆邦一次成功的尝试。在包含社会需要和自我现实需要为指标的人群分布的归类中，矿工与矿工家属本就应该属于同一类别。那么，刘庆邦以矿工家属为面

❶　刘庆邦.卧底 [M].成都：四川文艺出版社，2007：70.
❷　刘庆邦.黑白男女 [M].上海：上海文艺出版社，2015：278.

向对矿工形象的拓展，是将矿工家属及家庭作为"延伸意义上的矿井"，进而对矿工的喜乐、疾苦、尊严等种种的深层展示与再现。

在实质上，对矿工的书写其实仍然能够归类于对"农民工"的写作。当下，"农民工"作为一种社会群体和阶层，已经成为我国社会中不可忽视的一种存在。关注现实的作家也纷纷以自己的理解展开了思考，如残雪在《民工团》中以人物夸张的变形对中国人集体记忆的伤痛进行了回望，思考的是现实与荒谬间的张力；尤凤伟的《泥鳅》则以强烈的现实批判意识，展示了对现代化后果的质疑；赵本夫的《无土时代》是以发展中的城乡文化结合思考了重塑传统家园的可行性……这些当代作家以多样化的价值参考体系、不同的追求为"农民工"题材的小说创作拓展了思考的空间。刘庆邦是其中重要的一员。他一直坚守着自身的关注与立场，以矿工为视角，并以此来深入真切而深刻的中国现实。

三、成长：失怙情境中的少年哀乐

我们其实并未试图在刘庆邦的小说世界中找到与他的人生一一契合的全部经历。但客观而言，曾经的经历，尤其是童年及少年时代的不可磨灭一定会成为作家在写作时不可逾越的一种存在，或显现，或隐含，势必会以特定的故事或某种情节的方式存在于作者的叙述中。少年的成长是刘庆邦心底深处难以忘怀的一种铭记。毕竟，"作家的情绪记忆之所以能持久不衰，花甲之年忆起幼年一切依然激动不已，产生写作欲望，主要是由于长期、持久的情绪体验积淀下来，形成了一个较固定的情绪敏感区。"❶ 少年丧父的经历成为刘庆邦内在不能抹杀的"情绪之深"，而他笔下的少年则寄托了刘庆邦挥之不去的种种情怀。因而，以失怙少年为对象，刘庆邦讲述了许多鲜活感人的成长故事，并以特定的忘情展示了失怙少年情感与精神上隐蔽而曲折的种种经历。

刘庆邦小说中的"父亲"形象往往是缺席的。这种缺席有的是因为家庭的重担而不得不离家多年外出工作，如《到城里去》的杨成方、《八月十五月儿圆》中的李春和、《过年》中的董新语；有的是父亲已经因为种种意外或疾病离开了人世，如《黑白男女》中的陈龙民、《黑庄稼》中的苗壮壮、《谁家的小姑娘》中的爹。父亲是人成长中最不容忽视的力量，刘庆邦小说中的父亲却往往因为各式各样的原因"不在场"，缺席于孩子的成长。这是刘庆邦曾亲历过的遗憾与艰辛。少年失父的经历造成的巨大伤痛经久不散，"过早丧父使我们的心受了伤，并使我们变得心重，这一点要影响我们一辈子，我的小说不知不觉间就打上了这种心灵的烙印。"❷《少男》中的河生、《平原上的歌谣》中的长河、《远足》中的金生都是刘庆邦以自己的亲历为原型进行的创作。在某种意义上，对于失怙少年的关注成为刘庆邦书写中最具自传色彩的存在。毕竟，经由文本的存在，刘庆邦放大或者展示了少年成长的艰辛以及心路的痕迹。以特定

---

❶　张蕾．写作心理学［M］．济南：明天出版社，1989：115.

❷　北乔．刘庆邦的女儿国［M］．北京：社会科学文献出版社，2006：298.

仪式化的写作，经由少年的成长，刘庆邦试图找寻和挖掘的是
残缺人生得以持续前行的力量。

　　童年经验作为人生经历中最有意味的存在之一，深刻影响
或奠定着人生的方向。对于作家而言，童年时期特殊的情感召
唤就更容易作为某种深层的动机并对其创作产生影响。高尔基
的《童年》、许地山的《落花生》、萧红的《呼兰河传》等均源
于作家内心深藏的"无意识"的童年体验。我们也能够发现，
刘庆邦的童年体验，尤其是少年丧父的情感缺失，深刻地影响
着他作品的创作原型、题材选择及价值判断。这也是刘庆邦小
说中经常出现失怙少年形象的最主要原因。在小说中的失怙少
年身上，我们常常能够获得与刘庆邦亲历的共情。在小说《一
捧鸟窝》中，小青因母亲去世、父亲外出打工而从未体会过家
庭真正的温暖。有一天，小青在院子中发现了一捧鸟窝。小青
望着鸟窝，想象着鸟儿有夫人，有相公，而相公和夫人之间又
会相敬如宾的相处着。这时我们看到了小青对拥有完整家庭和
家庭温暖的极致渴望。这种渴望与真实世界中截然相反的缺失，
加重了失怙的小青身上的悲剧色彩，这种悲哀正是刘庆邦亲历
并永生难忘的最深层的痛楚之一。刘庆邦以《四季歌》中季节
的更替，书写了失怙少女妮儿的无尽苦难。春天时，八岁大的
妮儿被母亲送去表姨家当童养媳，换回了一篮能够救下家里剩
下两个孩子命的红薯片子。夏季时，瘦弱的妮儿穷尽了一身精
力，无时无刻不在辛勤地劳作。秋季时，孩童间的意气使未婚
夫赵海儿不断地虐待着妮儿，让她处于经常性的饥饿之中。冬
季时，衣衫碎烂的妮儿忍饥挨饿，直到母亲前来探望，才由母
亲用自己衣襟中的一块布补好了妮儿早已破碎不堪的棉袄。最
终，母亲并未将妮儿带走。妮儿苦难的生活就如小说名《四季

歌》一般循环着没有尽头。在苦难的循环中，我们能感受到刘庆邦亲历的种种痛楚，而这种切身的痛感则更多源自对失怙少年悲苦状况无力的悲哀。

父亲的缺席也促成了失怙少年们的迅速成长，他们肩负起许多不属于自身年纪的责任。有情感上的自我完善，在小说《种在坟上的倭瓜》中，猜小以种在父亲坟上的倭瓜来寄托对父亲的思念，而倭瓜宛然成了父亲的化身，伴她长大、让她坚强并使她快乐。有对家庭的照料，小说《户主》中的"我"其实也不过是一名十四五岁的少年，却因父亲的早逝被母亲和姐姐认定为一家之主，要为姐姐的婚事当家做主。成人世界中的压力让未成年的"我"感受到了"这么大的委屈"，这种复杂的情感纠结一直伴随"我"的成长。有对未来责任的承担，小说《毛信》中，因父亲的去世，不到十二岁的毛信就已经洞悉了生活炎凉的全部真相，她对双亲健全的钟明的敌意主要源于对自己未来的明了。毕竟，"钟明有爹，她没爹，没人接她到城里上学。她要靠自己的努力，一步一步从农村上到城里去"。父亲的"缺席"使少年的生活更加艰辛，使他们在稚嫩的年龄就需要承担更多的责任、面对更多的考验。因而，在刘庆邦的小说中，他更乐于以父亲的缺席唤起少年自我成长过程中精神的逐渐完善，这正是刘庆邦创作此类小说的真正意义所在。

不可否认，失怙少年成长的底色大都是灰色调的。但在成长之痛的描述之上，刘庆邦想凸显的其实是失怙少年们成长中的快乐以及他们感受到的爱。毕竟，对于成长的意义而言，虽然过程比较艰辛，但这些少年们最终都以自身的努力及人间的种种大爱告别了曾经的悲苦，走向了真正的光明。在刘庆邦的作品中，如《四季歌》中的妮儿一般的失怙少年比比皆是。因这样或那样的原因，年幼的他们都已经需要直面生活的酷烈并承担起生活的苦难了。以这样文字的书写，刘庆邦不得不重温往昔，再历痛楚，但以痛苦进行的表述绝不是刘庆邦用以安放往昔的所在。毕竟，我们在刘庆邦的小说中看到的是痛苦与无奈，感受到的却往往是温度及期望。以童年之痛为媒介，刘庆邦以拉网、远足等种种仪式完成了少年的成长。我们可以认为，重要的不是重温痛楚，而是对成长意义的获得。刘庆邦对失怙少年的叙述往往是通向光明的。毕竟，以哀痛为底色，刘庆邦致力于对这些少年特有的成长之爱的细致描述。

以失怙少年的成长来重历痛苦绝不是刘庆邦进行这类书写的创作动因。失怙是这些少年不得不承受的人生的大悲哀，是刘庆邦文字中我们无法忽视、也无法遁逃的悲凉。因而，我们可以在小说中看到这些失怙少年的忧郁、敏感、苦涩与无法排遣的沉重……但在种种艰辛之下，遭遇过痛失至亲的极致痛楚反而使得这些少年更容易挥洒爱，更愿以对亲人、自然、世界的无边热爱来弥补曾经的缺失和无能为力的遗憾。

刘庆邦在小说《远足》中细致地描摹了失怙少年金生敏感的精神世界。金生仿若就是少年时的刘庆邦，他常常陷入失去父亲的极度自卑和无安全感中，他最常做的就是将自己的头勾得更低些来逃避周遭的一切。失去父亲的痛楚让金生变成了一个"死头死脑，没有一点喜兴劲儿，不招人待见的后生"❶。这样一个沉浸在无尽悲伤中的少年却被表哥的一句玩笑话打动了，对表哥村里尚未谋面的喜妮产生了朦胧的向往之情。这种羞涩情感的迸发敏感而卑微，隐匿却自我，是爱的初起，纯粹得让

---

❶ 刘庆邦. 远足 [J]. 青年文学，1996（5）：20.

人心疼。成长之爱是金生人生中必须面对的经历。在从表哥的村子返家时，虽然遭遇了种种难过，但因为有了那么一点儿的心动，在哀与爱的合力中，少年金生放弃了想和妈妈大哭一场的愿望。在远足的仪式中，少年金生以情感的丰厚获得了真正意义上的成长。刘庆邦还以大量细腻的笔触描述了失怙少年在家庭中因责任与爱而获得的成长。小说《谁家的小姑娘》中的改在帮母亲应对水患的时候，迅速成长为一个能和母亲比肩的角色，成为家里的支撑。让她迅速成长的正是对逝去父亲、病弱寡母及幼小弟弟的爱。长篇小说《平原上的歌谣》中的长玉也正是这样一个长姐如母的角色。在小说中，刘庆邦细致描摹了长玉是如何帮母亲分忧，照顾弟妹的。长玉是能干的，她还未成年就去大田里干活，还用割草挣来的钱换来了家里唯一的一口锅；长玉是友爱的，她善待弟妹，把挣来的一粒盐、一块面团都拿回来与弟妹们分享。刘庆邦借助金生、改、长玉等失怙的少年同化了自己曾经的过往。唯有爱，唯有对身边人无尽的爱，哪怕卑微，哪怕细小，才能使这些少年得以在人生的艰难及生活的悲痛中持续走下去。

　　失怙少年之爱还能以大爱无言的姿态在生活的日常中铸就惨烈，成为让人须臾难忘的过往。《小呀小姐姐》中的小弟弟平路不仅从小丧父，还因为身体的严重残疾而不得不时刻面临着被剥夺生命的威胁。对平路而言，他的人生本应无比艰难，但因为有了会为他捉蚂蚱，给他唱儿歌，背他去田间品尝麦粒清甜的小姐姐，平路才能在残缺的生命中享受到美好、幸福与快乐。最终，为了让病危的平路吃到好吃的烤鱼，小姐姐在捕鱼时失足落水，被溺亡前喊出的仍然是平路的名字，留下的是对平路无边的牵挂。小姐姐因为爱所唤起的勃勃生机和希望正是刘庆邦期望通过惨烈往事铭刻的痕迹。毕竟，生命可以逝去，但爱会永存。小姐姐在同样失怙的境遇中将自己的爱、勇气、生命力分享给身边的亲人，这种无言的大爱是刘庆邦描写失怙少年时最让人难忘的深刻。

陪伴失怙少年成长的经常是鸟窝、倭瓜、羊宝宝或黄狗。因而，失怙少年们爱的生发往往源自劳动的启迪或自然的召唤。因为这样的自然养成，失怙少年的天性得到了极大的伸展，能够在生命的自觉中感知到爱的觉悟。对这些失怙少年而言，天然的情感触动会给他们的人生带来强烈的感知力，是自然的召唤让他们拥有了爱的能力。《种在坟上的倭瓜》的猜小在种倭瓜前，先四处打量一下，怕猪和羊知道了她要种东西的消息。猜小一直对生命有如此这般的尊崇，这为她后来与倭瓜的情感交流奠定了基础。《完碎》中的林林在骟羊现场感到了羊的感受，感觉到自己身体的某处似乎也在疼痛着……无论是猜小还是林林，正是大自然及大自然中的一切教会了这些失怙少年对周围的感知，而种种感知最终会升华为生命历程中爱的能力而伴随他们一生。

众多与众不同的人物使刘庆邦小说成为承载生命情怀的人生"浮世绘"。女性、矿工、少年……刘庆邦记录了他们精神的成长，感受了他们生活的历练，品尝了他们苦尽甘来的喜悦，也忍受了他们被悲苦吞噬的无奈。随着时代的变迁，往昔的社会形态已然不再。在某种意义上，刘庆邦对很多人物的书写已经成为绝唱。以这些人物为媒介，刘庆邦通过现实不断地回到质朴，以生命历程中的本真铸就了文学书写中种种的和而不同。对于刘庆邦而言，这些人物其实都是表象，他所追求的本真是对人类心灵内核的促进。在这些人物身上，刘庆邦以生命中风景的发现铸就了人类心灵中最本真的不竭力量。

第四章

生命的诗学：刘庆邦小说的艺术特征

　　考量作家写作的艺术形态是解读作家创作及价值的重要方面和介入途径，是从小说内部的结构特点出发对文本内核的深入发掘探讨，是以"向内转"的努力对文本深层的切入。任何文本叙事形态的彰显都绝非偶然的发生，而是鲜明个体特征与特定文化诉求间的结合。对小说艺术形态的研究恰恰为文本的研究提供了一个切实可行的端口，让我们得以既把握小说叙事行进中所埋藏的文化内涵，又能体味文本与阐释语境之间的深刻关联。这正是对小说文本进行艺术形态研究的意义所在。

　　刘庆邦始终关注现实，一直以清醒而独特的社会责任意识承载着对现实的叙述，引领我们品味着日常平凡中的韵味。不可否认，在四十余年的写作中，在刘庆邦体量如此庞大的小说创作中，同质化的讲述与自我的重复也是无可避免的。但刘庆邦一直以小说创作坚持着从现实出发对生命意味的深度书写。因而，在叙述焦点的凝聚中，刘庆邦逐渐形成独特的故事风格。我们也可以这样认为，在"形式即内容"的美学逻辑中，刘庆邦的小说创作形成一种相互依托的美学关联。因而，在刘庆邦小说中，我们不仅可以看到他对现实清醒的探查、对人性深刻的洞见，还可以发现其创作的艺术特征及诗性密码。

一、多重的空间叙事维度

　　莱辛在《拉奥孔》中提出了"诗是时间的艺术"的论断，"当我们一页一页地翻读，并不是作为单独的形式，而是作为印象的激流，像一根细线源源不断地从书本中涌出——作品就是这样同我们发生联系的"❶。因而，来自语言的小说创作的基点其实是线性或者是时间性的。在传统的小说叙事中，我们往往通过时间的延续来完成对作品主旨、价值的理解。刘庆邦的小说也符合传统的创作模式。在他的《神木》《城市生活》《黄泥地》等作品中，我们可以看到时间清晰的流动，并随着时间的流动发现故事、展现人物。与此同时，刘庆邦在遵循小说创作的时间规律时，并未如中国古典的世情小说那样随意地处理空间。毕竟，仅遵循时间流动的传统写法是不足以满足现实的多维与易变的。空间是构成物质世界的关键，一直在人类的个体存在及集体的历史维度中呈现着非同一般的力量。文学在对日常生活进行表达时，也必然要依赖于空间的呈现。空间表达是文学作品中决定叙事的关键力量，即空间的存在不仅是故事的背景或主体活动的场域，还往往作为承载叙事的力量而"负重"前行。我们生活的世界其实是实现个体经验、体现人际关系、了解历史进程的现实性存在，空间正是理解这一过程中不可分割的一种组成。那么，空间分析也必然成为深入小说文本的一种特定视角。由空间的角度出发，我们会发现刘庆邦的创作意图、结构编排及视角选择……刘庆邦小说中的空间不仅在叙事层面存在意义，还契合了其小说的美学特色，建构出其小说世界独有的空间诗学。

在一定程度上，对空间的处理也能为作者的创作带来新的方向与可能。理论家约翰·伯杰说："在根本上，这牵涉的问题

❶　[英] 珀西·卢伯克, 等. 小说美学经典三种 [M]. 方土人, 等译. 上海：上海文艺出版社, 1990：11.

是叙事方式的变化。几乎不可能的是，根据时间以直叙的方式展开一个故事情节。这是因为我们太注意始终横向穿插故事主线的事物。这就是说，我们并不认为某一个点是一个直叙主线的一个无穷小的部分，而是认为这一点是无数主线的一个无穷小的部分，这好比是星光一般四射的各种故事主线的中心。这种意识的结果，就是我们始终不得不考虑诸种时间和诸种可能性的同存性和延伸性。"❶ 空间就是这样一种能够带来延伸的可能性。

在刘庆邦小说叙事的"空间"存在中，具备多重的维度及深刻的内涵。一方面，刘庆邦小说以空间指向了一条直观而具体的地理线路，乡村与矿井构成了刘庆邦小说文本中人物存在的背景及故事存在的意义；另一方面，刘庆邦小说的空间存在不仅涵盖了客观存在的多种地理纬度，还以抽象、象征及包含着主观人为选择等种种复杂的因素呈现出刘庆邦对价值理想的构建与追寻。简言之，我们可以通过直观的地理线路和抽象的象征图谱，将刘庆邦小说的空间存在区分为表达物质层面的地理景观空间及物化心理层面的个体心理空间。

在刘庆邦的小说中，空间首先是一种具体的存在。随着社会的进步及时代的发展，人们生存的外在环境发生了日新月异的变化，空间成为体现社会关系及社会关系变化的重要环节。列斐伏尔认为："我们所面对的并不是一个，而是许多空间。确实，我们所面对的是一种无限多样性或不可胜数的社会空间。"❷

❶ 龙迪勇. 叙事学研究的空间转向 [J]. 人大复印资料·文艺理论，2007（2）：90-91.

❷ 龙迪勇. 叙事学研究的空间转向 [J]. 人大复印资料·文艺理论，2007（2）：90-91.

那么，相较时间而言，空间存在中的繁杂及多种可能性才是对存在复杂性的最直接反映。黑格尔认为："艺术的功用就在于使现象的真实意蕴从这种虚幻世界的外形和幻相中解脱出来，使现象具有更高的由心灵产生的实在。"❶ 刘庆邦小说中的空间往往具有社会结构特征，是现实的一部分。

在当代小说中，空间的使用作为一种非常重要的技巧构成了小说叙事的关键。毕竟，"作为小说材料的一切故事，都只能发生于空间之中——是空间才使这些故事得以发生"。❷ 在很多情况下，刘庆邦小说中的空间也具备决定小说存在的关键力量。

在刘庆邦的小说中，空间常常作为故事的视点而存在。法国理论家雅·奥蒙是这样对视点进行定义的："视点首先是指注视的发源点或发源方位"❸。因而，视点绝不应该仅局限于人物的视角。在文字的表达中，空间其实更易于作为视点而存在。《神木》中独头的掌子面、《回家》中的"自家院子"、《红煤》中的红煤厂村、《城市生活》中存放自行车的架子等空间都作为小说中的重要场景在文字的流转间承担了视点凝聚的功能。以空间为视点不仅能够推进故事的情节，也能对每个人物内心隐藏的欲望进行深入而淋漓尽致的揭露。在这些小说中，特定的空间是文本中"注视的发源点或发源方位"，它们承载了小说中发生的大部分故事，它们也作为故事中静寂的无言者默默地"注视"着一切的发生。《神木》中独头的掌子面是张敦厚和王明君精心选择的杀人场所。在地下深达百尺的掌子面中，"巷道

❶ ［德］黑格尔. 美学［M］. 朱光潜，译. 北京：商务印书馆，1979：45.
❷ 曹文轩. 小说门［M］. 北京：作家出版社，2002：167.
❸ ［法］雅·奥蒙. 视点［J］. 肖模，译. 世界电影，1992（3）：23.

里没有任何照明设备，前后都漆黑一团。矿灯所照之处，巷道
又低又窄，脚下也坑洼不平。巷道的支护异常简陋，两帮和头
顶的岩石面目狰狞，如同戏台上的牛头马面。如果阎王有令，
说不定这些'牛头马面'随时会猛攥下来，捉他们去见阎
王"。❶ 在描述作为视点的空间时，刘庆邦的写作往往有些"任
性"，他常常尽情地舒展着自己的文字，仿若将空间的存在意象
化为一种具有生命力的存在，以物质化的恒久注视着周围的一
切，从而得以窥见不同故事的上演，展现来到这里的众人的种
种表演、野心、欲望……就这样，以空间作为叙事的视点能够
起到建构叙事，丰富内涵等效用。华莱士·马丁说过："叙事视
点不是作为一种传达情节给读者的附属物后加上去的。相反，
在绝大多数现代叙事作品中，正是叙事视点创造了兴趣、悬念
乃至情节本身。"❷ 刘庆邦小说正是以这样的空间视点呈现了叙
事的张力。

　　刘庆邦小说中的空间还常常以一种聚合性的功能来展开故
事、聚拢人物、汇集线索。小说中的空间往往是人物活动的范
围或时间发生的地点。因而，从空间出发，就能够在物理场景
的建构中完成对人物的集结及对事件的汇聚。"空间聚合使小说
纷繁复杂的故事线索与人物得以聚焦、集中、清晰"❸，《黑白男
女》中的食堂、《黄泥地》中的房国春家、《平原上的歌谣》中
的村公所、《哑炮》中的乔新枝家……这些空间或是包容性很强
的公共空间，或是私密空间的外延，却无一例外地成为情节发

❶ 刘庆邦. 卧底 [M]. 成都：四川文艺出版社，2007：228.
❷ ［美］华莱士·马丁. 当代叙事学 [M]. 白晓明，译. 北京：北京大学出版社，1990：158-159.
❸ 邹贤尧. 空间叙事与小说地理 [J]. 野草，2013 (3)：205.

生的关键，构成各色人物接连出场或共同在场的环境。故事的走向与人物的塑造也在空间的聚合中显得愈发清晰。在小说《哑炮》中，刘庆邦将乔新枝和宋春来的家称为小屋。小屋坐落在矿区的一个半山腰上，只有五六平方米大小。这个不大的小屋里却汇聚了情节发展中的全部人物，承载了乔新枝、宋春来及江水君等人命运的发展。最初，是江水君等工友帮助宋春来盖起的小屋迎来了乔新枝，也正是在这个小屋里，江水君表达了对乔新枝的深情却被拒绝；当宋春来被哑炮炸死后，这个小屋又汇聚了残疾矿工张海亮、矿工班长李玉山，他们和江水君一样都是来向乔新枝求婚的；当乔新枝和江水君结婚后，也是在这个小屋里，江水君承担了他终其一生无法忘却的负疚和悔恨。在刘庆邦近期专注的"保姆系列"小说的写作中，刘庆邦则以文化空间对城市家庭内部私密空间的切入，承载了对城市意象的隐喻表达。在刘庆邦的笔下，"保姆系列"小说中城市雇主的家就因保姆与雇主之间的雇用关系、城乡差距等种种因素，成为一种体现权力差异、社会结构、性别区分等在场的复杂的空间话语表述。空间在汇聚故事及人物之外，还成为作者深刻思考的载体。通过特定空间的汇集，我们能看到教育的失衡、城乡发展的差异、思维的惯性沿袭等一系列社会问题。这些正是刘庆邦建构空间时思绪的巧妙与深刻所至。

　　E. M. 福斯特认为，作家在进行写作时注重的"不是我们个人的事业，而是构成我们之所以为人的那些重要方面"❶。小说中的空间作为一种具体的社会语境，必须满足具象性、生动性

---

　　❶ ［美］E. M. 福斯特. 小说面面观 ［M］. 冯涛，译. 北京：人民文学出版社，2009：40.

及可感性等种种条件，从而能够推动人物的活动及情节的发展。刘庆邦则以直观的地理存在让读者以移情或共情的作用深入到故事的处境及人物的角色中去。刘庆邦小说中的空间设置不仅契合了人物的身份，还辅助了情节的发展，更能以塑造特定情境的方式呈现潜在的文化暗示，表达了作者的情感走向及价值追寻。毕竟，刘庆邦的小说平实却具有内在生成性，能够通过直观的地理存在、视点的引导、场景的聚焦等种种设置而生发出更丰富的意义与更深刻的内涵。

在一定意义上，空间形式也体现着刘庆邦小说的叙事格调。客观说来，刘庆邦并不能算作"对叙述空间的高度重视以及由此形成的强烈的空间感"❶ 的作家。但在特定空间的运用中，我们可以看出文本空间与刘庆邦的"情感结构"之间的逻辑性关联。当刘庆邦描述乡土时，他所书写的种种空间景观既是表达故事、塑造人物的空间素材，又可作为刘庆邦"情感结构"的文化载体，以种种异形而同质空间的塑造表征了刘庆邦的理想及价值追寻，这些空间可统称为刘庆邦小说中抽象的象征图谱，是刘庆邦小说叙事空间的重要组成。

刘庆邦小说的空间建构，尤其是其中的乡土空间刻画，一直具备多重的维度和深刻的思想内涵。不同于描述矿井世界时笔触的酷烈和摹写城市时姿态的淡然，刘庆邦在绘制乡土时的笔调是安静而清透的。他以书写乡土时的无限温情表达了对家乡的浓情厚意：《高高的河堤》是刘庆邦首次描述乡土题材的长篇小说，该小说以无限的温情、散文式的口吻讲述了主人公娇孩子冬生的整个童年，也将我们带回了那段难忘的岁月，"那天

---

❶　许祖华 . 鲁迅小说的叙述空间与绘画 [J]. 山东师范大学学报，2011（4）：26.

早上天气很冷，院子里的地冻得铁硬，房檐下垂着尺多长的冰条子。灶屋里水缸里的水结了冰，锅底剩一点水也结了冰"❶；《春天的仪式》借助三月三这个特定的节日，再现了柳镇庙会这个亘古不变的古老仪式。庙会是乡间重要的传统，重要性一点也不亚于乡人赖以生存的土地，它是一种集结、一个号角，甚至是离乡后最具实质性的想念，"离开故乡多年的游子，一提到三月三庙会，眼睛马上就湿润了"❷；《闺女儿》以做豆腐为例再现了乡间简单、传统却从容的衣食节奏，"清水把黄豆发得白白胖胖，上石磨细细磨了，吊在晃单里，兑水滤出浆子，旺火煮沸，起进大缸，轻洒卤水点化，豆腐脑儿就成了；再捆包加压，挤去水分，豆腐也成了"❸；《手艺》以对锡碗工艺的细致描写，以工笔描摹的方式表达了固守乡土的魂灵如何在时代的变迁中保持着对厚重传统的眷恋，"他把錾子倾斜着，每錾一下，就把錾子拉得向后滑动一下。锤子打在錾子上，响。錾子凿在石头上，响。錾尖在槽沟里划过，也响"❹……

民风、民俗、民情，刘庆邦以文字为媒介竭力建构的是一个完整而有序的乡土世界。其中最为诗意的呈现当属对乡土自然环境的描写。毕竟，在刘庆邦的小说世界中，自然的存在已然不是单纯的物质单元，而是一种特定的空间意指表达着抽象的象征性图谱，甚至可以将其称为刘庆邦小说中的乌托邦，是刘庆邦以想象对理想化世界及价值的铸就，是他用以忽略现实世界中种种无奈及人性异化的途径。

---

❶ 刘庆邦. 高高的河堤 [M]. 石家庄：河北少年儿童出版社，1998：3.

❷ 刘庆邦. 红围巾 [M]. 济南：济南出版社，2017：106.

❸ 刘庆邦. 红围巾 [M]. 济南：济南出版社，2017：183.

❹ 刘庆邦. 刘庆邦短篇小说选（点评本）[M]. 北京：作家出版社，2012：77.

众所周知，刘庆邦一直对自然寄寓了深厚的情感，"我喜欢农村的自然景物，树上的老斑鸠，草丛里的蚂蚱，河坡里的野花，沥沥的秋雨和茫茫的大雪，都让我感动，让我在不知不觉间神思渺远。我写的一些比较优美的乡村小说，多是受到自然的感召"❶。因而，刘庆邦在描摹自然环境时，常呈现出超乎寻常的美感。《梅妞放羊》中的一个个乡间的场景仿若一幅幅静止的油画让人回味：远处有砖窑、窑顶有白云；近处有孔桥，桥下有流水；身边有羊群，群羊在无边的草地上恣意地玩耍……在这样的自然中，梅妞母性的迸发与生命力的蓬勃就如此天衣无缝地结合在了一起。在大美无言的大自然中，人与自然间的和谐、宁静而纯净的灵魂呈现，正是刘庆邦写作这篇小说的初始目标。小说《遍地白花》则是用他者的眼光注视与重新发现了自然之美。随着女画家的到来，原本宁静的小村落喧嚣了、沸腾了。女画家让村里的人发现了身边的美，村里的一切也在悄然地发生着改变。最终，在女画家离去后，对诗意的萌发和对自然之美的发现也在村子中静静地传承了下来，"荞麦终于开花了！荞麦花开得跟女画家的回忆一样恍如仙境，把小扣子感动得都快要哭"❷。短篇小说《水房》则借助一场春雨表达了大自然磅礴的生命力及对周围环境精神力量的注入，"雨是新雨，如同春来时一草一木都焕然一新，新雨带给这世界的是全新的呼吸。花儿的芬芳，树叶的清香，泥土腥甜的气息，因为有了雨，仿佛有了凭藉，变得到处飘洒和物质化了"❸。在刘庆邦书

❶　北乔. 刘庆邦的女儿国［M］. 北京：社会科学文献出版社，2006：289.
❷　刘庆邦. 红围巾［M］. 济南：济南出版社，2017：51.
❸　刘庆邦. 心疼初恋：刘庆邦小说选［M］. 北京：京华出版社，1999：140.

写自然之时草木生灵皆有了灵气，于是我们看到了《苇子是"风水"》中挺拔如矛、指向蓝天的芦苇，《一块白云》中藏身于厚重烟叶丛中宛如天上飘落的云朵的白羊，《小呀小姐姐》中青翠的油菜、金黄的大麦、饱胀的豆角……流淌的诗意源于刘庆邦对自然、对生命的无限热爱。

海德格尔曾用"哲学思索"的眼光注视过自然风景的交叠，在他看来，"群山无言的庄重，岩石源始的坚硬，杉树缓慢精心的生长，花朵怒放的草地绚丽又朴素的光彩，漫长的秋夜里山溪的奔涌，积雪的平坡素穆的单一——所有这些风物变幻，都穿透日常存在，在这里突现出来，不是在'审美的'沉浸或人为勉强的移情发生的时候，而仅仅是在人自身的存在整个儿融入其中之际"。❶ 这正是刘庆邦借自然存在抒发的象征图谱。乡土中的自然是刘庆邦心底最美好的愿景，是刘庆邦心底挥之不去的乡愁，更是刘庆邦面对传统日渐稀薄时无奈的告别。19岁就离开家乡的刘庆邦，在城市中已然居住了近五十年。然而，在近半个世纪的岁月中，刘庆邦仍然未能改变自己对城市的陌生和疏离。在他的内心深处，故乡、唯有静谧而祥和的故乡才是人类可以获得诗意栖居的真正家园。因而，在《家园何处》《红果儿》《红煤》等小说中，他书写了家园的分崩离析和自然的面目全非，而在小说《红鹅》中，他则聚焦于农村妇女大田，细致描摹了她为了离开家乡而屠杀了喂养了九年的大白鹅的举动，以此呈现了外在变化对人性影响的酷烈。最终，种种书写之下隐藏的其实是刘庆邦对传统的深深眷恋和对理想的美好愿

---

❶ ［德］海德格尔. 人，诗意地安居：海德格尔语要［M］. 郜元宝，译. 桂林：广西师范大学出版社，2000：66.

景。刘庆邦说过："我笔下的乡村是我记忆中的乡村，是理想的美化后的乡村，她是我对农耕文明的回望，寄托着我的思乡和怀旧之情。"❶ 在传统日渐远去、人们渐渐迷失于当下的语境中，刘庆邦借助自然空间呈现的是另一种典型化、普泛化的体验，更是在象征意义上对理想的追寻与渴望。

二、人本主义的人物观

刘庆邦一直致力于在小说中建构现实的叙事伦理，而现实从来都是与人的存在、生命的表达相伴而行的。陈平原也说过："真正最能体现'新小说'家取法'史传'传统的，是其补正史之阙的写作目的，以及由此引申出来的以小人物写大时代的结构技巧。"❷ 一直以来，刘庆邦以人物的塑造来思考现实的精神维度，并通过人物的日常生活、情感体验等将现实主义带回到最坚实的地面。以此为基点，刘庆邦以直面人生、展示现实"痛点"的求真品格建构了大写的人。笔者认为，在一些方面，刘庆邦小说的人物观与人本主义思想有一定的契合与相近。

现实是吸附并集中刘庆邦小说中所有的人物的关键力量。那么，所有的人物也势必会对现实有所回应。因而，刘庆邦小说创作中的人物观契合了古希腊哲学家普罗泰戈拉提出的"人

❶　北乔. 刘庆邦的女儿国［M］. 北京：社会科学文献出版社，2006：293.
❷　陈平原. 中国小说叙事模式的转变［M］. 北京：北京大学出版社，2010：202.

是万物的尺度"的命题。以一种日常化的美学追求，刘庆邦小说着力凸显了现实中人物的生存状态、性格发展及精神特征。这就意味着我们可以从三个层面对刘庆邦小说创作的人本主义人物观进行阐释，那就是：对人的本质的发现、对人的责任的探讨以及对人的主观能动性的表达与认知。

刘庆邦小说人本主义人物观的第一个层面是以"写灵魂"的创作方法实现了对人的本质的发现。在对人物的本质发现的过程中，刘庆邦的小说创作沿袭了鲁迅"写灵魂"的艺术手法。"写灵魂"的人物观是以对人物内在的深入，投入到对世界观照中的一种创作方法。这种艺术原则并非对物理世界的脱离，而是以对现实及文学主体对象的深入来达到黑格尔所说的"这样使外在事物还原到具有心灵性的事物，因而，使外在现象符合心灵，成为心灵的揭露"❶的目的。刘庆邦认为："写每篇小说，我们都要找到自己，找到自己真实的内心，并通过抓住自己的心，建立和这个世界的联系，继而抓住整个世界。"❷以贴近心灵的写作，刘庆邦创作出一系列佳作。同时，以触碰灵魂为目的的书写也成为刘庆邦塑造人物时的一种惯性。对人物灵魂的书写不仅是刘庆邦刻画人物时惯有的一种手法，还标识着一种关照方式，呈现出刘庆邦再现现实时的审美态度。

刘庆邦小说塑造了一系列栩栩如生的鲜活人物：梅妞、魏月明、卫君梅、唐朝阳……在刘庆邦的小说世界中，这些人物上演着不同的悲欢与离合，以常人难以企及甚至想象的存在汇聚成为生活中的琐碎与不凡。以"写灵魂"艺术手法对人物本

❶ ［德］黑格尔. 美学 ［M］. 朱光潜，译. 北京：商务印书馆，1979：45.
❷ 刘庆邦. 小说创作的实与虚 ［N］. 中国政协报，2012-09-10 (3).

质的发现，我们看到了梅妞的懵懂、魏明月的大爱、卫君梅的高洁、唐朝阳的阴狠……同时，以"贴着人物写"的写作方式，刘庆邦还赋予这些人物种种深情。在落笔之前，他们一定已经在刘庆邦的记忆中、心灵中存活了很久、很久。他们是特定的腔调、记忆与情感的融合。在某种意义上来说，刘庆邦以一系列人物构成了自己写作中的"内宇宙"。毕竟，刘庆邦所尊崇的、所追寻的、所摒弃的、所遗憾的都通过丰富而复杂的人物世界得到了充分的实现。因而，以对人物的深入，刘庆邦不仅塑造了人物，还实现了对人的本质的发现，并呈现了自己的价值理想及审美立场。

　　刘庆邦小说人本主义人物观的第二个层面是对人责任的探讨。人本主义是以人为本对人的本性、经验、价值等方面的整体认知，是对人的行为及人的自我选择等方面综合研究的理论体系。刘庆邦小说创作的主色调是现实主义。以现实为关注对象，刘庆邦小说以鲜活的人物群体呈现了最真实的生命体现，表达出对人的本性、人的行为以及人的选择等方面的深切认知。在小说文本中，刘庆邦从未进行过道义上的评判，也从不屑于道德的说教，他只是尽量毫不保留地呈现出生活的本原与人的真相，并借助文字平实的力量为现实及人生留下深切的感悟。

　　在小说中，刘庆邦塑造了丰富多姿的与责任相关的个体形象：《黄花绣》中的格明、《风中的竹林》中的方云中、《少男》中的河生都是其中的典型代表。人本主义认为在不同环境中，人会做出反应。人也会因本能的限制，而做出种种不同的选择。但最终，作为拥有自由意志的独立个体，人终将能够决定自己前行的方向。以人文主义为视阈，我们可以看到小说《哑炮》通过对个体现象性的呈现表达了对人的责任的探讨。在小说

《哑炮》中，刘庆邦塑造了江水君这个融卑劣与痴情、无耻与崇高于一体的复杂人物。矿工江水君爱上工友宋春来美丽的妻子乔新枝，在对乔新枝求而不得的情况下，江水君隐瞒了煤堆中埋有哑炮的事实，最终导致了宋春来被炸身亡。在宋春来死后，江水君虽然如愿迎娶了乔新枝，却因深深的愧疚而终生无法释怀。小说《哑炮》仿若带着镣铐进行的舞蹈一样，使爆裂的感情与激越的情绪深埋于朴质平实的文字间。在叙述这个极具悲剧色彩故事的时候，刘庆邦仍保持了他惯有的叙述情绪。毕竟，小说的文字越平实，我们越能不为外物所扰地沉迷于江水君的心理波动之中。由文字所牵引，我们的情感也不由自主地跟随着江水君的情绪波动着：随他因乔新枝而心动、随他因被拒绝而绝望、随他因发现哑炮而杂念丛生、随他如愿以偿娶得佳人、随他陷入终生内疚而不得解脱……小说《哑炮》其实是以悲剧性事件呈现的道德与欲望间的较量。最初，道德在欲望面前不堪一击，江水君为了得到乔新枝而有意地让宋春来误触哑炮被炸身亡。最终，在漫长的人生中，江水君却因不可压抑且无处可藏的愧疚早亡离世。这是江水君悲剧性命运的完结，也是道德与欲望的艰难博弈后最终取得的胜利。刘庆邦以人本主义思想对人物的塑造正是小说《哑炮》获得成功的关键。在整部小说的行进间，刘庆邦没有运用伦理道德对江水君进行过一丝一毫的评判，他只是以细腻的笔触描写了江水君试图忘记乔新枝时的种种努力与心理波动。在这段以人类爱之本能为情感基点的描述中，我们通过江水君的内心，感同身受地体味到了他的节制与痛苦，甜蜜而又迷茫等种种无可奈何的错综情绪。细致入微的心理描摹使我们不由自主地对江水君产生同情之心。在整个悲剧性弥散的故事中，作为"罪恶"渊薮的江水君可恨却又可怜。种种复杂而纠结的情感流动正是刘庆邦笔下真正的未穷之意。小说《哑炮》的最大意义不在过程，而在结局。当得偿所愿的江水君穷极一生进行赎罪时，我们也就穿透文本洞悉了刘庆邦的思维之重。个体的责任与人的存在之间的张力是刘庆邦借助人本主义视阈为我们留下的无尽思考与感悟。这正是刘庆邦以人本主义为视阈对人的责任的发现。

　　刘庆邦小说人本主义人物观的第三个层面体现为人的主观能动性的表达与认知。美国人本主义心理学代表人物卡尔·兰塞姆·罗杰斯认为人具有自我实现的倾向。从这一角度，罗杰斯拥有和我国老子颇为相似的人性观。老子也曾提出过"我无为，而民自化；我好静，而民自正；我无事，而民自富；我无欲，而民自朴"❶的观点。人本主义的实现倾向性认为人类具有先天的倾向性。这种倾向性能够促使人类在成长过程中不断地发挥自身的潜能和创造力，并最终实现最高的境界。刘庆邦小说中有这样的一系列人物，他们能够自创性地适应外部经验、自由地选择自己的命运、自主性地适应社会价值，如《皂之白》中匡某火以自建洗澡池方式对污浊外部世界的拒绝，《女儿家》中的红裙在面对生母时的慌张、犹豫和坚强，《信》中李桂常在家庭压力下对亡夫书信的珍视……

　　为了更好地体现人物主观能动性的实现，刘庆邦以叙述视角的巧妙转换，突出了故事讲述时的不同侧重。文学作品中的叙事都是围绕着"我""你""他"三种视角展开的。在小说创作中，刘庆邦最偏爱第三人称的叙述，其次是第一人称叙述。第三人称叙述也称全知视角或无焦点叙述，是以与故事无关的

---

❶　老子．道德经［M］．北京：中国华侨出版社，2014：214.

旁观者的角度进行的讲述。这样的视角可以超越时空和人物，以无限开阔的视野，全知全觉地讲述着故事中发生的一切。一方面，第三人称视角易于表现时空延展度大、矛盾丰富、人物众多的题材；另一方面，第三人称视角也可以以全方位或灵活多变的方式对人物和事件进行描述。刘庆邦写作中的第三人称叙述则更倾向于第二个方面。借由第三人称叙述，刘庆邦小说中的叙事形态表现得更为活泼。不仅如此，第三人称叙述也增强了刘庆邦以心理描写塑造人物时的表现力。在《鞋》《燕子》《谁家的小姑娘》《梅妞放羊》《小呀小姐姐》中，刘庆邦均选择了第三人称叙述的方式，以不受限制的视角对人物的心理活动进行了全方位的挖掘。为了避免单一叙事视角的局限，刘庆邦还以多个人物的同时在场，通过人物间叙述视角的交织构成了人物之间的对话关系。这样的处理不仅能够以更逼近现实的方式深入生活，表达刘庆邦的思想立场与情感指向，还能以人本主义的视阈对人物的主观能动性进行凸显。小说《鞋》不仅深度细描了少女守明在定亲之后情绪的多种波动，还描述了母亲默默守护守明时的心理变化；《燕子》以小女孩燕子的心理活动为起点，最终将母亲宋小英及矿工林志文的心理活动串联其中；《谁家的小姑娘》则由暴雨来临之时小女孩改、娘及隔壁黑婶儿的一系列心理活动穿插而成……在短篇小说《小呀小姐姐》中，刘庆邦以第三人称的叙述自由地穿行于人物的内心间，分别以小姐姐、妈妈、弟弟平路等人的视角全面再现了小姐姐对弟弟平路无私的爱。就作品数量而言，刘庆邦小说中以第一人称进行叙述的作品相对较少，仅在《听戏》《五分钱》《枯水的季节》《一亩地里的故事》《躲不开悲剧》等少数作品中采取了这种叙述方式。第一人称叙述作品中的叙述者同时又是故事中的一个角色，是以内在式的焦点进行的叙述。第一人称的叙述角度具有两个特点：首先，人物作为小说中的角色兼叙述者不仅可以参与到故事发生的过程中，还可以脱离小说故事的局限进行某种超脱文本的描述或评价。双重身份的共享就使这个角色具有了小说中其他角色无法具有的力量和视角。与故事中的其他人物相比，这个角色更"透明"也更易于被读者所理解。其次，受角色身份的限制，这一角色不能叙述该角色所不能知晓的内容，这是因叙述的主观性而产生的关系限制及遮蔽的差别。客观而言，这种有意的"遮蔽"反而能极大地增加小说文本身临其境的逼真感。以第一人称的叙述，刘庆邦能够增强描写人物心理时的细致度。在小说《枯水季节》中，刘庆邦借助"我"的视点，细致描摹了娘在丧夫之后所遭遇的一切，有母亲以女性身份加入男性社员队伍劳作时的自苦；有母亲避免"偷秋"嫌疑磕出鞋中麦粒时的自守；有母亲不与偷猪男社员同流合污时的自持……"我"视角下的心理描述能够更为直接地展示母亲遭受的种种不幸与沉重。

这些人物身上存在明显的自我实现的倾向。在现实的不同境遇中，他们充分发挥着本体的机能，进行着自我的选择，最终主动而非被动地适应了社会的准则及价值。这些人物以主观能动性进行自主表达及自我选择时呈现出来的勇气、坚韧、善良等正是刘庆邦塑造这些人物时真正的思维之深。

好的文学作品能够通过对人类精神世界的把握来掌握生命的深度。当今，随着文坛中欲望写作及商业化写作的盛行，有关故事本身的意义及生命深度的写作已不再占据文学写作中的高地。那么，刘庆邦以人本主义人物观坚守的写作就更具意义。在四十余年的写作生涯中，刘庆邦不被潮流所裹挟，也不为名利所影响，他所渴望超越和持续描述的一直都是凭借生活的真实对我们内心深处的打动。在刘庆邦的小说中，情节的发展往往不会占据较大的篇幅，人物的刻画却是他用笔最多的所在。刘庆邦笔下人物有着自身特有的独到之处，他以平淡无华的工笔细致描写了人物的喜悦、哀伤、尊严与无奈；他以直入骨髓的深入刻画呈现了人和人之间复杂难明却交缠还休的关系，他以全景式的关照与细致入微的笔法关照了人生形式的全貌却不忘毫厘……沈从文说过："一切伟大作品皆必然贴近血肉人生。"❶ 刘庆邦笔下的人物之所以能够如此血肉丰满而深邃入骨其实正得益于他对人本主义人物观的选择。这是刘庆邦塑造人物时的擅长，也是刘庆邦一直秉承的执着。在人的复杂存在与人性的多维变化间，刘庆邦传达的是对特定价值的崇尚和对某些行为难以自持的摒弃。最终，以人本主义的人物观为切入点，我们得以品味和了解刘庆邦真实的笔下之意与深层的情感意蕴。这已然足够。

三、雕刻细部的叙述话语

刘庆邦创作小说时是具备多种味道的，你可以说他时而在酷烈与柔美之间自由穿行；你也可以说他偕俗世的影子与诗意的情怀款款而来；你也可以说他表达着最真切的现实却同时保有着最古老的情感；你也可以说他穷尽人间想象之极致却又铺

---

❶ 沈从文.沈从文文集（第十七卷）[M].太原：北岳出版社，2002：413.

陈着当下的芸芸众生……因而，品读刘庆邦小说，我们可以选择多种角度、从不同侧面，感受着他的深度，并体味他的忧思。当我们深入刘庆邦小说的文本内部，我们会发现他的叙述是独具印记的。他的叙述内容集中于乡土与矿井，是以现实生活为现场对"美"的发现及对"恶"的挖掘。他的叙述视角一直坚守着人文主义的立场和现实主义的创作原则。他的叙述话语质朴、传神而又细致。尤其是刘庆邦小说中雕刻细部的叙述话语，可以让我们以其处理细部时的匠心来窥得刘庆邦小说叙述话语的全貌。

"叙述话语就是故事话语的元语言，它是一种决定叙述主体的思想能力的命题结构。"❶ 刘庆邦以雕刻细部的叙述话语表达了一种"意向性建构"，并构成了一种"阐释性结构"。

刘庆邦小说对叙述话语的细部雕刻首先体现在他对闲笔的运用上。小说中的闲笔也是感知刘庆邦写作，并体味他深思的一种途径。"闲笔"是指"在故事演进中突然插入一些看来不甚相关或无关紧要的笔墨"。❷ "闲笔"的出现反映的是中国小说写作技巧上的巨大进步，是小说叙事技能的提升，是文学本体意识的加强。我国有史记载的"闲笔"最早出现于春秋时期，如《诗经·豳风·七月》中本以"七月流火，九月授衣。春日载阳，有鸣仓庚"等词句来细致描绘劳动人民一年四季都因农事奔波，丝毫不得空闲的辛苦之情，却又以"女执懿筐，遵彼微行。爰求柔桑，春日迟迟。采蘩祁祁，女心伤悲，殆及公子同归"描绘了年轻姑娘在提篮采桑时的情愫暗生。清代姚际恒

---

❶ 马明奎. 叙述话语及其存在方式 [J]. 江西社会科学，2010（7）：43.
❷ 黄霖. 《金瓶梅》讲演录 [M]. 桂林：广西师范大学出版社，2008：281.

在《诗经通论》中以"正笔处少，闲笔处多，盖以正笔不易讨好，讨好全在闲笔处，亦犹击鼓者注意于旁声，作绘者留心于画角也"的语句来盛赞闲笔的妙用。后来，无论是《史记》中的述史、《金瓶梅》中的写人，还是《红楼梦》中的言情都以闲笔入手，从小说特定的缝隙中切入，来呈现作家本然的寄托或文本真实的味道。现当代作家中擅长运用闲笔笔法者并不很多，变化也相对较少，只有金庸、张爱玲、贾平凹等作家在创作中对这种笔法偶有顾盼。刘庆邦则较为有意地在多部作品中运用了闲笔笔法。就这样，刘庆邦以不应和世俗民情，只求寻得同好洞悉的审美情趣，运用匠心独具的构思，以锦上添花的妙处增强了小说的韵致。

客观而言，刘庆邦是乐于写闲的作者。刘庆邦的小说以对人、家庭、单位等细部社会细胞的关注，充分介入了现实存在的各个层面，深入表达了对当下生存境遇及精神世界的关注。在对普通当下的关注中，刘庆邦试图表达的是源自本土的精神生态，是对民族情感的审美关注，是对人生存在的深入思考。因而，在看似平凡的落笔间，我们需要品读、体悟，进而剖析刘庆邦思绪中的种种深入及脉络，这就需要我们以不同方式介入到他的文本深处。毕竟，王蒙说过，"小说里边还需要有一种情致……（是）一种情绪、一种情调、一种趣味"。❶ 我们可以这样认为，刘庆邦将闲笔作为一种文学手段，在对故事内容、剧情发展没有直接影响的描写中试图寻求另一种真：以闲写事，是对故事本源的开启；以闲写景，是对景致或深邃或雅致的寻求；以闲写情，是对本真心声的表露；以闲写人，是对人物呈

---

❶ 王蒙. 王蒙文集（第七卷）[M]. 北京：华艺出版社，1993：147.

现的深入挖掘或外在延展……可以说，在刘庆邦小说的闲笔中，我们能寻得到如此多的妙处。

刘庆邦小说中最著名的"闲笔"产生于短篇小说《鞋》。在刘庆邦的写作生涯中，无心插柳的他不经意间书写过许多让他暴得大名的作品，《走窑汉》《神木》《黑白男女》……这些作品中的闲笔都是不同凡响且余味悠长的。《鞋》的韵味是与众不同的。《鞋》以一个乡村女孩守明为视角，细致描摹了守明是如何在订婚后履行为未婚夫做鞋的这个乡规民俗的规定动作的。由于守明的动心、痴情等种种因素的糅合，这个惯常的行为就呈现出特定的仪式感。最后，这双精心制作的鞋被退回就为整个故事笼罩了一层无奈的感伤。也许，短篇小说《鞋》本身并不拥有如此浓重的悲剧情愫，正是刘庆邦以淡淡道来口吻增补的后记才加重了感伤的力度。在文末的闲笔中，刘庆邦追溯了自己在农村老家时与他人订婚的往事。原来，刘庆邦就是退还了乡土姑娘精心制作的鞋的那个人。最后刘庆邦写道："后来我想到，我一定伤害了那位农村姑娘的心，我辜负了她，一辈子都对不起她。"❶ 就情节的发展而言，小说《鞋》后记中的内容与之前的情节发展及人物塑造均无直接的关联，属于"闲笔"。但正是这一处"闲笔"的设置，从格局上提升了小说《鞋》的味道与境界。与现实的联结使守明真实得令人心疼；而刘庆邦与故事的渊源则又揭示了连接虚构故事与现实存在之间的逻辑力量……真实的故事更容易唤起读者的共情，共情亦足以引领我们重新回到那个逝去的时代。同时，来自现实的生发又进一步强化了小说蕴含的情感厚度。这种情感的浓烈及其涟漪效应

---

❶ 刘庆邦. 红围巾 [M]. 济南：济南出版社，2017：105.

也是短篇小说《鞋》获得广泛关注并获得第二届鲁迅文学奖认
可的重要理由。

刘庆邦小说中的闲笔还往往以貌似不经意的存在为人物提
供合理的心理依据或必然的行为逻辑。小说《丹青索》曾在介
绍画家索国欣绝活的时候凭空增加了一句对人物前史的交代
"退休前在中学当美术老师那会儿，索国欣只是一个业余画家，
画什么没什么准稿子。他画过伟人，画过李玉和、李铁梅、阿
庆嫂，还画过劳动模范、矿山女工等。人家让他画什么，他就
画什么，称得上笔墨跟随时代走"❶。这处描述其实与小说《丹
青索》的情节发展没有任何的关联，也不直接作用于人物的塑
造。但正是因为有了这样一句简单的侧面描写，读者就能够对
索国欣的画家身份、环境境况及性格呈现有了更深入的了解。
无论是在绘画素质的养成上，还是以批量作画方式获取报酬的
价值取舍上，沉浸于画家身份的索国欣其实都仍与真正意义上
的画家有着相当大的差距。此处的闲笔虽然在行文中并不明显，
却以醍醐的作用让读者了然索国欣在艺术家形象表象之下的虚
伪与市侩。刘庆邦小说中这样貌似不经意的闲笔还有很多。在
《平原上的歌谣》中，刘庆邦花费了大量的笔墨讲述了母亲魏月
明是如何在自然灾害时期以一己之力抚养六个年幼孩子的往事。
在许多辛苦和劳作之后，刘庆邦曾以看似无关的笔墨描述了魏
月明是如何用只能果腹的黑红薯片做出了炒红薯丝、烙红薯饼
等吃食的。这是魏月明与众不同的生活态度，是她在自然灾害
时代仍然保有的精神力量。这处于无声处的闲笔表达了魏月明
一直努力的方向与她坚信的信仰的力量。正是这样一处处看似

---

❶ 刘庆邦. 红围巾［M］. 济南：济南出版社，2017：234.

无意却匠心独具的闲笔使刘庆邦笔下的人物刻画得具象而深刻，并呈现出一种独特的韵味。

　　闲笔是刘庆邦小说控制叙事节奏的一种手段。众所周知，刘庆邦是个很有耐心的人。他写作的风格是极其舒缓的，也偏爱于以娓娓道来的情绪在情节的缓慢流动中推动或等待故事的自然发展。闲笔的设置常常能够使读者在舒缓的情绪中脱离获得豁然明朗的感觉。在小说《大雁》中，刘庆邦以缓慢的节奏演绎了对当今生活方式的另一种期许。作为一个庄稼人，李明坤的爱好是与众不同的，他喜欢在冬季设计战术到坟场捕捉大雁。可在六年之后，当李明坤终于如愿捕捉到大雁的时候，他却出人意料地放走了大雁。这一处淡然的闲笔有点题的妙用，毕竟李明坤的目的并不是大雁，而是捕捉大雁的过程。大雁之于李明坤、响器之于高妮、小戏之于姑姑，刘庆邦借助这些截然不同的人物彰显了乡土中人对精神世界的执着。

　　刘庆邦还偏爱用闲笔来营造特定的情绪或氛围。比如，在小说中，我们经常可以看到，刘庆邦往往不惜笔墨对人物精心准备食物的过程进行细致地描摹，无论是简单的日常一餐，如《哑炮》中乔新枝为下井归来的丈夫宋春来准备的手擀面条和炒鸡蛋，还是表白情愫时繁复的大餐，如《红煤》中金凤为宋长玉开的小灶……在一蔬一菜之间，刘庆邦写尽了无边的情致。但客观说来，小说中这些食物产生的过程本与情节的发展没有任何的关联，只是故事前行中一个物质性的存在而已。以对食物准备过程的细致描摹，刘庆邦得以精准地表达了纯净无瑕或复杂莫名的情感。在《八月十五月儿圆》中，当田桂花为久不归家的丈夫做出那一碗久违的疙瘩汤时，刘庆邦以舒缓的文字让读者和田桂花一同品味了心中难言的酸楚。虽然田桂花一直说做疙瘩汤并不难，可仍然需要和面、搅面、洗面等步骤，才最终能够做出一碗"汤子清亮、利口，疙瘩筋道，有嚼头"❶ 的疙瘩汤。简单的一碗疙瘩汤寄寓着田桂花对丈夫的无限深情，是她与丈夫往昔情感的见证。随着岁月的流逝，富贵后的丈夫却带着私生子大摇大摆地返乡了。虽然疙瘩汤仍是当年的那个做法，但在田桂花心中早已不是往昔的情景了。小说对疙瘩汤做法的细致描摹是一处闲笔。以看似悠游而离散的笔触，令我们听到田桂花心中的叹息，看到她难舍的过去。这也是刘庆邦借助昔日人、昔日景和昔日物对一去不复返的昔日情的慨叹。

刘庆邦小说中有很多闲笔，正是它们的存在，使线性的故事呈现为多条线索交织的网络结构。同时，这些看似日常、琐碎甚或枝蔓纵横的描写也以生动有致的风骨极大地扩充了小说的容量和可读性。好的闲笔其实可以是一种情致，用以增强文本的内在、延宕叙述的功用，为小说的阅读增加更多的快感及吸引力。

客观而言，虽然被称为闲笔，但在小说中其实并不会有真正意义上"闲"的存在。闲笔并非系统性，或有法可循的文学规律，它是一种描写手段或文体存在，是以琐碎且枝蔓的具体间接呈现的彼时的真情或实感。与正笔相较，刘庆邦使用闲笔笔法的频率并不密集，运用的语言形态也并不复杂，却以更深入的投射，将读者的想象引向广阔。综合而言，刘庆邦小说中的"闲笔"恰如金圣叹所言的"闲心妙笔"一样，能够在文本中构成特定意义范畴中的转向或者意义场域中的互文。

刘庆邦小说中闲笔最惯常的作用是转向，即在情节的行进

---

❶ 刘庆邦. 刘庆邦短篇小说选（点评本）［M］. 北京：作家出版社，2012：254.

中，以闲笔的匠心将故事的意义及思考转向另一个方向。

一直以来，丰富而琐碎的日常本就是刘庆邦小说叙事时偏爱的天然母体。他的小说一直擅长于以明显的现实化倾向，在生活的逻辑中发展故事。因而，品读刘庆邦小说，往往成为我们重新认识日常生活的机缘；他的小说文本也因此具备了切合文学内涵的真实本质。毕竟，"文学本质真实最基本的内涵，应该是在于它揭露了生活表层背后的复杂与深邃，而不是在于它是否合乎某种历史规律"。[1] 刘庆邦一直执着于现实真相及人物日常状态的表达。因而，在他的小说中，我们经常可以看到一些日常物件的出现。刘庆邦多以闲笔的方式对这些日常物件进行貌似不经意的描写，比如《我家的风箱》中的风箱，"我在老家时，我们那里家家都有风箱。好比筷子和碗配套，风箱是与锅灶配套，只要家里做饭吃，只要有锅灶，就必定要配置一只风箱。风箱长方形，是木箱的样子，但里面不装布帛，也不装金银财宝，只装风"[2]；《黄花绣》中的石磨，"一盘石磨应该有两扇，上扇和下扇。上扇有洞没有轴，下扇有轴没有洞"[3]；《神木》中的棉鞋，"他穿的是一种黑胶和黑帆布粘合而成的棉鞋，这种鞋内膛较大，看上去笨头笨脑"[4] ……这些器物并未对小说的叙述有太大的推动作用，属于闲笔的创作范畴。但这些器物本身往往承载了刘庆邦一些特定的感情、寄寓了一些隐喻，并在对往昔生活方式的常规叙述之外，增加了一些更深层的情致。

---

[1]　贺仲明．一种文学与一个阶层——中国新文学与农民关系研究 ［M］．北京：人民出版社，2008：28.

[2]　刘庆邦．我家的风箱 ［N］．文汇报，2014-05-22（8）.

[3]　刘庆邦．黄花绣 ［M］．北京：作家出版社，2009：246.

[4]　刘庆邦．卧底 ［M］．成都：四川文艺出版社，2007：192.

小说《手艺》中用铞子铞起的一只只瓦碗就是这样的一种存在。小说《手艺》通篇都是以铞碗为由头展开对过去的回忆。时代变了，家里的碗换成了搪瓷碗、盆换成了塑料盆、罐子换成了小铁桶，"这么说来，现在什么都成结实了，都成牢固的了，拼拼凑凑的年代，收拾破碎的年代，已经过去了，什么都用不着铞了"❶。在"他"对往昔铞碗岁月的回忆中，一直有个悬念悬而未决，是谁和"他"一样沉迷于对铞碗的回忆，停滞在过去的岁月中不愿前行？直到小说末尾，当全村人都在一起红红火火过大年的时候，拜年的人们在月兰家的供桌上发现了那个新铞好的瓦碗，而陪伴它的竟然是好几只用铞子铞起来的瓦碗。《手艺》通篇都是对铞碗技艺流逝的惋惜，最后的闲笔却使我们将情感从物转移到人。毕竟，岁月会流逝，但有些东西会一直屹立，并亘久不变。

在某种意义上，在闲处设色，并获得丰厚的意蕴已然成为刘庆邦小说的重要特征之一。经由闲笔的转向，在一些小说的主体叙事完成后，刘庆邦得以对故事的意义进行再度深化。"触手生趣的闲心妙笔"并未如表面看来的那样简单，可以信手拈来，它们是对小说文本的精心建构，是对情节的暗合、对环境的点燃以及对主题的深化。小说《响器》一直是一部让人细思则悲的作品。小说讲述了乡土女子高妮偶遇大笛，并为之心神俱迷的故事，"大笛刚吹响第一声，高妮就听见了。她以为有人大哭，惊异于是谁哭得这般响亮！当她听清响遏行云的歌哭是著名的大笛发出来的，就忘了手中正干着的活儿，把活儿一丢，

---

❶ 刘庆邦. 刘庆邦短篇小说选（点评本）[M]. 北京：作家出版社，2012：81.

快步向院子外面走去。"❶ 表面看来，高妮是乡土中少有的坚持
并认可生命中精神力量存在的奇女子，她为大笛所吸引，并以
九死不悔的努力一直追求着触动她内心深处的生命力量。最终，
"高妮吹出来了，成气候了，大笛仿佛成了她身体上的一部
分……她捏起笛管刚要往嘴边送，大笛自己就响起来了。还说
她的大笛能呼风唤雨，要雷有雷，要闪有闪；能让阳光铺满地，
能让星星布满天"。❷ 如果小说只写到这儿，对高妮而言是圆满
的，读者也是满意的。但对于刘庆邦而言，这种意义上的深度
显然是不够的。因而，在小说结尾，刘庆邦以看似无关的一句
话引发了人们的深思，"有点可惜的是，高妮在画报上没能露脸
儿，她的上身下身胳膊腿儿连脚都露出来了，脸却被正面而来
的大笛的喇叭口完全遮住了。照片的题目也没提高妮的名字，
只有两个字：响器"。❸ 高妮以贞操为代价学会了大笛，成了气
候，可她的存在仍然被淹没了，乡土女性个体价值的实现仍需
无尽的长路去跋涉。这虽是高妮们的悲哀，但同样，这也能够
代表高妮们的期冀。与其相反，小说《红围巾》中的故事就是
充满希望和感动的。喜如因将自己相亲的失败归咎为缺少一条
能够打扮自己的红围巾，就以到地里扒红薯的方式去攒买红围
巾的钱。可攒够了钱的喜如仍然去地里扒红薯，"可爹去赶集走
后，喜如又到地里扒红薯去了。女儿家的心事让人猜不透，她
为什么还去扒红薯呢"。❹ 刘庆邦以淡淡的一句闲笔，引发了读
者的深思。以一条红围巾为目的，娇姑娘喜如尝到了生活的艰

❶ 刘庆邦．黄花绣［M］．北京：作家出版社，2009：290.
❷ 刘庆邦．黄花绣［M］．北京：作家出版社，2009：301.
❸ 刘庆邦．黄花绣［M］．北京：作家出版社，2009：302.
❹ 刘庆邦．红围巾［M］．济南：济南出版社，2017：144.

辛，她经历了在地里第一次扒到半截烂掉的红薯时的喜悦，也经历过发现劳动成果丢失时的愤怒。最终，当喜如终于得到一条红围巾时，这条红围巾已经不是她在劳作过程中的最大收获了。在经历过这样的辛劳之后，作为一个农家女孩儿的喜如明白的便不只是劳动的价值，更是生命的意义。

互文是一种文学写作的技巧，不仅"囊括了文学作品之间互相交错、彼此依赖的若干表现形式"❶，还指"一个文本（主文本）把其他文本（互文本）纳入自身的现象"❷。刘庆邦小说中有几处巧妙的互文：长篇小说《黑白男女》是对短篇小说《黑庄稼》及《冲喜》的结合及深度阐释；长篇小说《平原上的歌谣》中的母亲魏月明则是对短篇小说《枯水季节》中母亲形象的深化及续写；《回娘家》和《空屋》则以相同的细节呈现描写了农村盖房愈演愈烈，日益向墓地靠拢的趋势；《夜色》及《春天的仪式》则均体现了定亲后青年男女间相互遐想时的婉约与羞涩……我们以闲笔为介入点，就能发现刘庆邦小说中文本间发生关系的特性，并通过"跨文本"的视野探讨反复停留于刘庆邦小说文本及个体记忆中的内容，以此来对他思考的深度进行挖掘。刘庆邦小说中最能体现"互文性"的文本是《鞋》与《西风芦花》，而小说《鞋》文末的闲笔则是解读这两篇小说之间关联的关键。《鞋》与《西风芦花》其实是同源故事的前世与今生。《鞋》讲述了乡村少女守明在订婚后满怀着对未来的憧憬给未婚夫精心做了一双鞋却被退婚的往事；在《鞋》

❶　[法] 蒂费纳·萨莫瓦约. 互文性研究 [M]. 邵炜，译. 天津：天津人民出版社，2003：1.

❷　秦海鹰. 互文性理论的缘起与流变 [J]. 外国文学评论，2004（3）：29.

的后记中，刘庆邦以满腔的愧疚回忆了自己当年因招工远离家乡后与未婚妻退婚并退回了未婚妻亲手做的鞋的往事；《西风芦花》则以"我"的口吻，讲述主人公离乡多年后重回故乡，并试图向被自己退婚的前未婚妻董守明致歉的故事。在小说《路》中，刘庆邦曾借文中人物之口说出"好文章都是从自己心里生发出来的"论断。刘庆邦正是以自己的小说创作不断地践行着这句话，在人生的经历、现实的触发、内心的发现中以自己的思维流动抒发着自己的文学立场。从《鞋》和《西风芦花》这两个互文性的文本入手，我们就可以在作者盘旋不舍的记忆中对比文本，并发现差异，然后以抽丝剥茧的方式挖掘出刘庆邦在不同时期经由小说表达呈现的思考差异，并最终品味出刘庆邦小说世界的内在构成。这才是将这两部小说进行对比研究的意义和价值所在。《鞋》其实是整个事件的源点，而《西风芦花》则是事件发生多年后余留的回响。若没有《鞋》中的后记，这两篇小说更可能会被看作作者延续性思维的产物，但闲笔所呈现的才是这两部小说的真正前史。刘庆邦的亲身经历及情感触动让整个事件成为萦绕于他人生之中的经久不散，有对年轻时不懂珍惜的懊悔，更多的却是对过往美好的眷恋。毕竟，在文学艺术的世界中"闲笔不闲"，文本间的互文势必会生发出新的意义。《鞋》中的"闲笔"以后记的形式弥平了现实与虚构之间的壕沟。老子说："实为所利，虚为所用"，以两部小说，一处闲笔，刘庆邦激活的是自己内心深处须臾不曾磨灭的深刻记忆。因而，深沉的情感不仅能够在小说的书写中获得了延续，还能通过共情的效果在更大的范围内获得了广阔的回响。

总的说来，刘庆邦小说中的闲笔往往以"忙里偷闲"或"烘云托月"的方式穿插于小说叙事的主线之外，以一些合理的转折或点缀表达出某种程度上的自由、恣意，甚或是随性。因为这些闲笔的存在，我们会发现刘庆邦在对现实进行描述时的一些不同。借助"闲笔"，他延展了叙述、深化了人物、丰富了层次、改变了节奏。最重要的是，他以"闲笔"获得的共情为小说的叙述增加了真实与诗意。很多时候，阅读小说的魅力正源于对种种幽密的发现与探究。小说中的"闲笔"要求我们必须调动全部的感官，才能对情节的连缀及作者的意蕴进行动态及全方位的掌握，并最终有所发现。以"闲笔"的角度切入，我们不仅可以看到刘庆邦的匠心，还可以了解他对语言强大而有力的驾驭能力，并进一步通过对其创作构思的深入了解并发现刘庆邦小说的真意。"闲笔"不闲当如是。

刘庆邦小说对叙述话语的细部雕刻还体现在他对语言的精准选择上。语言是小说构成中最重要的元素之一，它不仅决定着小说的面貌与内涵，也铸就了作者的风格与印记。因而，当谈及小说的作家时，我们往往会立刻联想起他们小说语言所呈现出的迥然个性：鲁迅小说语言的冷峻、沈从文小说语言的从容、老舍小说语言的韵味、苏童小说语言的诗意、莫言小说语言的狂欢……在一定意义上，正是这些个性且风华独具的语言成就了这些作者作品的不凡甚或伟大。毕竟，文学作为最依赖文字的艺术形式，语言是评判其表达技巧或价值呈现的核心要素。汪曾祺说："小说本来就是语言的艺术。"❶ 从小说的语言出发，我们不仅能够发现一个作家的风格，更能发掘成就他的本质。

---

❶ 汪曾祺. 晚翠文谈新编［M］. 北京：生活·读书·新知三联书店，2002：43.

　　刘庆邦擅长在写作中构建两极世界，他的小说的语言也以在俚俗与雅驯之间的游走而具备了两极的风貌。因而，有人评价其小说的语言过于平实，又有人认为他的小说语言有些重复……但笔者认为，我们对刘庆邦小说语言的评判不应如此仓促或表面。孟繁华曾以耐心及持久来评价刘庆邦的创作。那么，期望我们也能够在对刘庆邦的小说语言进行评价时给予同样的耐心和更大的持久。毕竟，唯有语言，才是小说中最直接的途径，能够让我们发现小说家对文学的信仰。

　　一直以来，刘庆邦都对小说的语言有着自我独到的认识，"他认为汉字除了有形象之美、音韵之美以外更为难得的是还有味道，而衡量一个作家的作品写得是否好的一个重要标准就是看他的作品有没有自己的味道，像曹雪芹、鲁迅、沈从文等文学大家的作品中都有着属于他们自己独特的味道。"❶ 正是独特的语言味道使刘庆邦的小说在中国当代文坛占据了一个独有的位置。从语言出发，借由其中的厚重深情及对文体技法的种种尝试，我们再度深入刘庆邦的小说，以不同的角度对他的小说创作进行全新的发现。终于，在俚俗及雅驯两种迥然不同语言形态的杂糅中，我们发现了刘庆邦借由语言建构的张力。

　　以对俚俗及雅驯两种迥然不同语言形态得心应手的运用及灵活转换，刘庆邦小说的语言首先体现为准确。准确是小说语言之美的一个前提及标准。王彬彬说过："语言的美，当然应该是多种多样的……但阳刚也好，阴柔也好；华丽也好，朴素也好，都必须是准确的。"❷ 因而，一名优秀的作家必然需要以妥

---

❶　刘庆邦. 在雨地里穿行［M］. 天津：百花文艺出版社，2010：160.
❷　王彬彬.《遍地月光》与长篇小说的语言问题［J］. 文学评论，2012（3）：157.

帖的语言来真切表达自己的所思、所感。刘庆邦秉承着"贴着人物写"及"将人的细微放大了看"的写作方式，以精准的语言运用表达自己对世界的观感。

刘庆邦小说语言的准确体现在俚俗与雅驯两个方面。作家所使用的语言其实来自自身深厚的积累与沉淀，是一种源于深处的存在，是作者"共时性"的物质定位。刘庆邦小说所选择的语言正和他的亲身经历密切相关。刘庆邦来自豫东，他当过农民，做过矿工，因而在叙述和描写乡土生活及民间世界时，刘庆邦就擅长于使用贴近叙事者身份的农民或矿工的语言；同时，做过记者、编辑，身为北京作家协会副主席的刘庆邦又是一名典型的知识分子化的作家，因而他的小说语言又拥有一种极其雅致的气质。在俚俗与雅驯间的游走与准确正是刘庆邦小说语言的最突出特点。同样，在刘庆邦小说语言的运用中，我们还能够看到刘庆邦思维的深处。刘庆邦小说的语言往往有着超出话语层面的渴望，这是刘庆邦人生经历中命运的选择，也是他所处语言及环境背景的共同作用。刘庆邦的写作是沉静的，他一直安然于文学边缘的所在，却以自身的书写不断地参与着对矿井及乡土的"在地性"叙述。就这一层意义上而言，他的小说语言正是民间话语的一种表达、一种见证。我们可以认为，以对语言逐字逐句的细致经营，刘庆邦不仅创作出了很多极富造诣的文学作品，还以俚俗与雅驯的并置容纳了平实及不凡……以语言为视角，我们得以再度拓展及深入对刘庆邦小说的阅读，进而发现他文字间的味道、气质及深意。

刘庆邦小说语言的俚俗主要体现在方言的运用上。豫东平原上的乡土与矿井是刘庆邦小说创作的缘起。这片土地上通行的豫东方言就如同刘庆邦小说中的血液一般，构成了刘庆邦小

说语言的重要面貌与风格。我国一直有以方言进行文学创作的
历史。战国时期的《楚辞》即以"皆说楚语，作楚声，纪楚地，
名楚物"记载了方言在文学作品中的运用。近代以来，无数文
学的开创者也都纷纷肯定了方言对于文学创作的重要作用。胡
适认为，文学的发展"仍须要向方言的文学里去寻他的新材料，
新血液，新生命"❶。因而，现当代以来，我国文学中一直存在
极为丰饶的方言写作现象，如老舍的京味言说、冯骥才的津门
味道、以贾平凹为首的"秦地小说"等。同样，生于豫东平原
的刘庆邦则以家乡的豫东方言呈现了小说世界的丰饶与独特。

　　方言是地域文化的重要组成。刘庆邦小说中的方言则以对
地域特有风情的传达具象化了豫东平原的存在，比如婚丧嫁娶、
节庆风俗等是刘庆邦最乐于用方言表达的民间风情。索绪尔说：
"一个民族的风俗习惯常会在它的语言中有所反映。"❷豫东方言
是一种十分丰富的方言，刘庆邦在小说中大量使用了"相家"
"响器""添箱""新客"等词语，极大地丰富了小说的语言形
态。《相家》中描述的是青年男女正式相亲前"相家"的步骤。
相家其实是对男方家庭条件的综合考察，包括宅子上有几间房、
房屋的新旧程度、房屋的坐落朝向等；小说《赴宴》则解释了
婚礼中"添箱"习俗的渊源。"添箱"是指以恭贺结婚的名义，
亲戚朋友们往箱子里添一点儿东西作为贺礼的习俗，"我们那里
送贺礼不说送贺礼，说是添箱……新结婚的人都要做一个桐木
箱子，箱子相当大……"。《响器》中，刘庆邦写到了被称为响

---

❶　胡适．吴歌甲集序［J］．国语周刊，1925（17）：10.
❷　［瑞士］费尔迪·索绪尔．普通语言学教程［M］．高名凯，译．北京：商务
印书馆，1985：43.

器的唢呐；此外，还有《走新客》中被称为新客的新女婿、《灯》中在元宵节蒸的灯碗子、《春天的仪式》中的水筲……方言特指通行于某一特定地域的话语，因而，方言本身就是地域文化的显著标志。借助方言的蕴含，刘庆邦展示了豫东平原独特的风韵、历史经历及文化沉淀。同时，方言的运用也是刘庆邦小说中充满感情的一种质感，使我们能够在陌生化的审美体验中得以触摸到豫东平原特有的文化及风情，感受到生命中另一种真切的存在。

方言的运用使刘庆邦小说以特定的陌生化韵味具有了较强的表现力和张力。

在描绘人物性格、刻画心理的时候，方言的重要性是极其明显的。胡适说过："方言的文学所以可贵，正因为方言最能表现人的神理……方言土语里的人物是自然流露的人。"[1] 作家阿英也认为，"方言的应用，更足以增进人物的生动性……这是方言的力量"[2]。《神木》中唐朝阳和宋金明出场的时候，刘庆邦就用了一系列的方言来描摹这两个表面的老实人内心层出不穷的奸猾和黑暗。在不足五百字的篇幅中，小说用了"黑窟窿""长满板油""满眼瞅着""冒坏汤儿""生坯子""善茬儿"等一系列方言描述了唐朝阳和宋金明两人内心的算计和与他人不动声色的交锋。借助方言的魅力，刘庆邦不仅细腻而生动地描述了两人在不同情境下的心理活动，还以极富个性的语言雕琢了不同的人物性格。

方言成分的出现还使刘庆邦的小说以极强的地域色彩增添

---

[1] 胡适. 胡适文集（第六卷）[M]. 北京：人民文学出版社，1998：263-284.
[2] 阿英. 晚清小说史 [M]. 北京：人民文学出版社，1980：170-171.

了文字的韵律感。刘庆邦在小说中常以方言词对名词及动词进行替换，使文字更为活泼、更具生活气息，如用"腿杆子"代替大腿（《神木》），用"煤面子"代替煤尘（《哑炮》）；小说中用"提溜""满眼瞅着""拿一把""打牛腿"等方言动词代替了普通话中的拉扯、看、胁迫、放牛等动词。运用方言还能构成特定的艺术感染力，增强读者对作品内涵的理解。俄国文艺理论家什克洛夫斯基说过"艺术的'陌生化'手法是复杂化形式的手法，它增加了感受的难度和时延"❶。刘庆邦小说中的方言往往具有审美过滤的效果，通过对读者阅读难度的有意增加，让人们感受到来自不同语言形式所获得的以地域文化为指向的审美效果。《平地风雷》中指代杀人的"做活儿"、《一块白云》中称不能生育的母羊为"飘羊"都是以方言的有意延长推进了情节的后续发展。因而，方言的运用除了构成小说语言的特殊韵味之外，还能以"陌生化"的延长使读者对情节的发展有了额外的心理准备。

　　形形色色的方言是中国多元化地域文化的重要载体之一，是民族多样化的呈现，更是绚丽多彩的中华民族的重要组成。从这一层意味上，刘庆邦以豫东方言进行的小说书写是对特定地域文化的有意留存。在一定意义上，使用方言不仅是刘庆邦写作角度的创新，也体现出他身为一名知识分子的责任与焦虑。

　　海德格尔把"因地而异的说话方式称为方言"❷。方言是真正意义上的"大地之音"。通过方言的运用，刘庆邦小说呈现出

---

　　❶　［俄］维克多·什克洛夫斯基. 俄国形式主义文论选［M］. 方珊，等译. 北京：生活、读书、新知三联书店，1989：6.
　　❷　［德］马丁·海德格尔. 在通向语言的途中［M］. 孙周兴，译. 北京：商务印书馆，2004：199.

独特的地域文化气质，并以一种具象的本土性语言表达衍展出不同的世界。以方言为代表的"俚俗"的语言风格是刘庆邦自主选择的语言形体及书写策略，是他文字行进间的思维方式，更是一种独特文学精神的体现。在一定意义上，对方言的独特经营使刘庆邦得以营造出一个独特而具象的豫东文学空间，并以深层意义上的形式呈现出别具一格的审美品格。

豪泽尔说："如果一件艺术作品依赖于纯粹的陈规，不冒一点险，那么它将毫无动人之处；如果它完全是创新的，那么又会变得不可思议。"❶毕竟，风格的渗透非常必要，我们大可不必为了追求某种独立而拒绝渗透与被渗透。在某种意义上，俚俗与雅驯的共赏已然成为刘庆邦小说语言特有的一种品格，刘庆邦的写作也因此拥有了更多的自由。刘庆邦以乡土及矿井为源头的写作虽往往来自存在的焦灼及生活的艰辛，但在粗粝的文字表象之下，刘庆邦常常以语言浮现出一种超越话语层面之下的渴望，进而以语言之美及文字中的诗意来表达特定的情怀。在刘庆邦对人性之美进行礼赞及对乡土进行回望的作品中，我们往往会发现其语言的雅驯之美。我们能够在《曲胡》中看到"辛劳一年的人们闲下心来，正要把往事回想，琴声驾首雪朵过来了，悄悄往心里去"❷的诗意；能够在《野烧》中看到"茅草突出的白穗开着，在阳光照耀下闪着蚕丝一样的银光"❸的绚丽；也能在《遍地白花》中看到"画上的黄狗在张着耳朵听风，

❶ ［匈］阿诺德·豪泽尔. 艺术社会学［M］. 居延安，译. 上海：上海学林出版社，1987：19.

❷ 刘庆邦. 曲胡［J］. 上海文学，1987（8）：37.

❸ 刘庆邦. 红围巾［M］. 济南：济南出版社，2017：85.

显得很成熟，很孤独，好像还有些愁"❶ 的韵味……虽然刘庆邦小说中的语言常常是平实或简洁的，但借由情感的抒发，刘庆邦常借助于雅驯的文字，不吝笔墨，率性地挥洒诗意。

刘庆邦的部分小说是向雅而行的。比如，《遍地月光》是以一名知识分子为视角进行的讲述，《遍地白花》是通过重返乡土的女画家发现了现实中的别样之美，《黄泥地》则讲述了中国乡村中最后一个乡绅的传奇……在这些文本中，雅驯的文字显得比较常见。我们可以在"细碎水珠倒卷帘的水幕"（《遍地月光》）、"稠得如柿黄般的阳光"（《遍地白花》）、"散发着清香的让人燥燥的、扎扎的、痒痒的麦芒"（《黄泥地》）这样诗意的文字中体会到刘庆邦对乡土的深情。与此同时，刘庆邦小说中的绝大部分是对晦暗现实及酷烈存在的再现。在这类小说中，我们偶尔也能看到刘庆邦以雅驯的语言对通篇俚俗氛围或晦淡色调的稀释。比如，众所周知，老年丧子是人生四大悲之一，这样的悲痛是无论怎样的笔墨都无法穷尽与描摹的。在《黑庄稼》中，刘庆邦只好尽量采用诗意的语言淡化了人间这极致的悲痛。毕竟，就整篇小说的立意而言，《黑庄稼》讲述的是人们在亲人逝去后努力求存的种种努力，是希望的唤醒，而非绝望的留存。因此，在小说中，刘庆邦是这样描述苗心刚的丧子之痛的，"据说，人的魂如一缕烟，如一朵云，轻盈得很，是往上升的。苗壮壮的魂早就应该从井口升出来了，在他的肉身没被抬出来之前，魂就走到了前面，回到了家里。"❷ 雅驯的语言是诗意的，而人间的情感是充满烟火气的。当小说讲述到苗心刚

---

❶　刘庆邦 . 红围巾 ［M］. 济南：济南出版社，2017：47.

❷　刘庆邦 . 卧底 ［M］. 成都：四川文艺出版社，2007：58.

和儿媳田玉华商量回乡给儿子苗壮壮上坟这件事时，刘庆邦就自然而然地将雅驯的语言转换为俚俗的口语，用了"话不能太赶话""赶得急了""前面的话回头咬一口"这样灵活而生动的字眼冲淡了雅驯语言的从容。也只有真正源于民间的语言才能如此灵动而生动地彰显出一家人间水火不容的矛盾。同样，正是因为雅驯语言与俚俗语言之间的强烈对比与反差，我们才能在刘庆邦简洁质朴的遣词用语间发现这样迥异的力量及思维的深度。这样的用法还有很多，在《遍地月光》中，刘庆邦用了"忌讳""情绪是对抗""说一不二"等雅驯的词语来叙述民间关于"绝户"的种种忌讳，他也同时使用了"一阵揪疼""吐口唾沫""一颗钉"等词语来论述忌讳给人造成的影响及伤害……因而，雅驯与俚俗语言的并置是刘庆邦写作时乐于呈现的一种选择，而这两者间的无缝糅合也使刘庆邦的小说获得了鲜活的生命力并呈现为自在的事实性存在。

艺术的价值在于"焕发"。海德格尔说过，这是一种"显耀"，是"显耀自身并使他物显耀"的方式。刘庆邦小说中雅驯的文字就是使他的书写显耀的主要存在。综合看来，我们能够发现，刘庆邦小说中雅的文字大多是涉笔成趣的。他常常以对自然、人物以及美景的描摹来表达对传统的回望和对往昔的不舍。因而，刘庆邦常常以流连的笔意来表达种种钟情或眷恋。以这样的情致，刘庆邦描述的景致是璀璨的，绚丽得足以击溃生活中无边的灰暗，"阳光从开裂的云缝中投射下来，照在改连续扬洒在空中的水花上，焕发出一种七彩的光，缤纷而绚丽"❶；凭这样的情绪，他笔下的人物是缤纷的，多彩得仿若并非人间

❶ 刘庆邦. 红围巾 [M]. 济南：济南出版社，2017：156.

的存在，"太阳渐渐西沉，他们黑菜色的脸上才慢慢地涂上了一
层金黄，总算显示出黄种人好看的本色"❶；他笔下的时空是贯
穿的，连缀的是过去与未来："小扣子看见，荞麦发芽了，荞麦
长叶了，荞麦抽茎了，荞麦结花骨朵了……荞麦终于开花了！
荞麦花开得跟女画家回忆一样恍如仙境"❷。自然、人物、美
景——以雅驯的语言，刘庆邦在文字的世界中再建了乡土。小
说中雅驯的文字不仅呈现出真切的诗意也恰恰迎合了刘庆邦对
价值的追求。毕竟，刘庆邦以雅驯的文字承载了对乡土美好的
重要言说，并试图通过文字的面向，弥补认同的断裂，填补没
有归处的精神困境。

　　有时，刘庆邦则以雅驯的文字表达对特定情绪的渲染。在
对矿井世界进行执着描摹的过程中，对伤痛的极致书写就成为
刘庆邦写作中不可逾越的一个关键。因而，我们可以在刘庆邦
小说中看到形形色色关于"哭"的描摹：绝望的哭、悲伤的哭、
感动的哭……刘庆邦笔下不同类别的哭几乎囊括了人间所有的
悲伤与悲戚。在《黑白男女》中，刘庆邦以一段极为雅致的文
字表达了自己对哭的理解，"人需要笑，更需要哭。笑在多数情
况下多是应酬性的，是假的。哭是真的，不动真情哭不出来。
笑一般都是肤浅的，皮笑了，肉不一定跟着笑。哭是深刻的，
是从心肺内部发生出来的"。❸ 在小说中，刘庆邦以"多数情
况""应酬性的""肤浅的""深刻的""发生的"等一系列书面
性的话语对哭的发生、缘由、内涵进行了总结及深刻的反思，

❶　刘庆邦．红围巾［M］．济南：济南出版社，2017：157.
❷　刘庆邦．红围巾［M］．济南：济南出版社，2017：51.
❸　刘庆邦．黑白男女［M］．上海：上海文艺出版社，2015：141.

这是刘庆邦对哭这种人类普遍行为模式的总结，更是以哭为媒介进行的一次情感的升华。在这段描述中，刘庆邦通过雅驯的文字极大地增加了语言的感染力，并以雅驯文字的使用有意地中断了读者阅读时的惯性，从而强化了读者阅读时的审美体验，最终以思想留痕的方式，凸显了对这一行为模式的深层思索。有时，刘庆邦则以雅驯的文字承载了哲思的延展。在小说《响器》中，刘庆邦即以雅驯的语言描述了响器的精神力量和对乡土众人内在需求的唤醒，"大笛不可抗拒的召唤力是显而易见的……他们是冲着大笛演奏出的音响去的。这种靠空气传播的无形的音响，似乎比那些物质性的东西更让他们热情高涨和着迷"❶。"召唤力""无形的""物质性"等书面性词语与"喜钱""喜糖""红枣"等民间俗语的并置增强了文章内部的张力，进而强化了响器的精神意义及其在乡土中的世俗性存在。显然，在进行这样的哲理性思考时，简单的俚俗性语言是不足以承担起陈述的全部责任的。

一直以来，刘庆邦写作的"内驱力"是与众不同的。他以对文字不懈的追逐满足了对个体经历的怀想，并以极具个性化的空间建制，在以生命为名的现实写作中，传达着自我对价值理想的认知与呼唤。秉承着这样的写作姿态，刘庆邦不仅看到属于自我的世界，还建构了与物质生活并置的精神空间，并获得了足以超越现实的审美立场。对于刘庆邦而言，写作是更倾向于精神需求而非功利性目的的一种存在。在四十余年的持久写作中，刘庆邦终于构建了属于自己的小说王国，其中有对生存的感悟及体验，也有以专属自身的形式惯例进行的小说创作艺术的传达。

---

❶ 刘庆邦. 红围巾 [M]. 济南：济南出版社，2017：52.

结　　语

　　最初，对刘庆邦小说的喜欢完全是源于自身偏好的选择。学习电视、电影的早期经历使我一直偏爱那些以文字表达呈现视听色彩的文学作品。因而，常常念念不忘、萦绕心头的是余华《活着》结尾处的那个段落，"老人和牛渐渐远去，我听到老人粗哑的令人感动的嗓音从远处传来，他的歌声在空旷的傍晚像风一样飘扬，老人唱到：少年去游荡，中年想掘藏，老年做和尚。炊烟在农舍的屋顶袅袅升起，在霞光四射的空中分散后消隐了。女人吆喝孩子的声音此起彼伏，一个男人挑着粪桶从我跟前走过，扁担吱呀吱呀一路响了过去。慢慢地，田野趋向了宁静，四周出现了模糊，霞光逐渐退去。我知道黄昏正在转瞬即逝，黑夜从天而降了。我看到广阔的土地袒露着结实的胸膛，那是召唤的姿态，就像女人召唤着她们的儿女，土地召唤着黑夜来临。"❶ 老人与牛的背影、夕阳在霞光四射的空中逐渐消隐、炊烟的袅袅、经过的路人：这些是如画般的可见；老人粗哑的令人感动的嗓音、女人吆喝孩子的声音、扁担吱呀声的渐隐、田野上琐碎声响的起伏：这些是真实的可听。在苏童的《妻妾成群》中，四太太颂莲的出场也是简单而精心的，不仅瞬间凸显了颂莲的人物设定，也让我们在文字的视听表达中强化了对颂莲的印记。"那顶轿子悄悄地从月亮门里挤进来……颂莲钻出轿子，站在草地上茫然环顾……在秋日的阳光下颂莲的身影单薄纤细，发出纸人一样呆板的气息。她抬起胳膊擦着脸上的汗……大概就是这时候颂莲猛地回过头，她的脸在洗濯之后泛出一种更加醒目的寒意，眉毛很细很黑，渐渐地拧起

❶　余华．活着［M］．北京：作家出版社，2010：183.

来……"❶ "挤""茫然""纸人一样""擦""猛地""醒目的寒意""渐渐地拧起来"，在颂莲出场的时候，苏童有意地运用了这样一系列名词或动词。我们可以认定，正是这些栩栩如生的状态描述及动作捕捉再现了四太太颂莲的形象、性格、前史等一系列信息，并将其鲜明的铭刻在读者的记忆深处。刘庆邦的小说也是如此。合卷之后，能够在读者记忆中流淌的往往是某些感人至深的形象：一身煤一脸黑的矿工（《燕子》）；扣子扣得整整齐齐，脖子里还掖着一条毛巾的女扮男装的杨海平（《远山》）；个子不高、人柴、脸黑、门牙老也关不上的杨成方（《到城里去》）。或是某些直指灵魂深处的声响，比如孙保川虽破腔破嗓却真实而惊天地泣鬼神的哭声（《别让我再哭了》）、大笛那响遏行云的歌哭（《响器》）、姑姑一直哭得背过气去的狠哭（《听戏》）……这些并非刘庆邦有意追求的形式感，只是他为了精准表达的选择而已。

从这一点出发，笔者开始深入关注刘庆邦的小说创作，试图了解、发现他文本中真正深刻的内在。外在的质感绝非刘庆邦最根本的求索。以《神木》为例，最终被导演李杨选定改编为电影《盲井》的理由并不在于其语言表达上的绚丽，而在于刘庆邦以文字为利刃对现实内核的直视及毫不避讳地揭示。刘庆邦从事文学创作四十余年，以现实的存在与对理想的追寻为作品注入了丰厚的容量及不竭的源泉。雷达称他的小说"一半是季风，一半是地火"❷，而他自己则说"小说是虚，小说是疑，

---

❶ 苏童. 妻妾成群 [M]. 长春：时代文艺出版社，2000：287.
❷ 雷达. 季风与地火——刘庆邦小说面面观 [J]. 文学评论，1992（6）：16.

小说是我"❶。阅读刘庆邦的作品，如何挖掘他的文本，怎样触碰他的心灵，在哪里寻找他的"写作间"……这些是笔者在研究刘庆邦小说创作过程中一直持续的质询。最后，笔者可以这样说，刘庆邦一直以文学的方寸在现实的存在中塑造着生命的灵魂。他以不断的精神律动着力于思想的篆刻和文本的实践，并以特定故事的普适性叙事来承载生命的核心价值。刘庆邦通过以生命为名的现实写作为我们提供了一种永恒意义中的价值存在，一种更加伟大的思想境界。

　　本书对刘庆邦小说创作的研究属于补充和完善性质。本书的创新之处主要体现在三个方面。第一，本书完整提出了通过"以生命为名的现实主义写作"的方式对刘庆邦小说创作进行整体分析的研究模式；第二，本书以"以生命为名的现实主义写作"为前提，依据发生学、主题学、文化学、叙事学等理论，提出了刘庆邦小说创作研究的层次；第三，本书将生命表达、现实写作与刘庆邦小说创作相结合，填补了刘庆邦小说创作研究中的空白，并突出了本研究的目的性。从生命表达的角度对刘庆邦小说中现实主义创作的研究可以视为本书的开拓点。本书所追求的理论研究的最大价值是对"向心写作"的刘庆邦小说创作的全新发现。笔者不做表面平层中的人云亦云，亦不做随波逐流中的浅吟清唱，而是努力挖掘出刘庆邦小说创作的文学品行和"以生命为名的现实主义写作"的意蕴价值。本书对刘庆邦小说创作的全面梳理及从"以生命为名的现实主义写作"角度进行的研究虽然还不够完善，但仍可以给未来的研究者提供一些方便。钻研无尽头、研究无止境。从相当的程度上，对

---

❶　2016 年 10 月 12 日，刘庆邦参加十月文学院揭牌仪式时接受的专访。

刘庆邦小说创作的研究，使笔者得以窥见文学研究的路径，并为笔者指明了今后思考及前行的方向。

以文学的面向，刘庆邦写现实、表情感、展人性，借助小说的深邃性与母体性来追求文学的本质。毕竟，对他而言，小说的写作是一种追求，是一种境界，更是一种理想。笔者认为，刘庆邦进入现实，贴近生活，追求的却是理想。也许从未有人用理想一词来形容刘庆邦这位以现实主义沉醉于乡土与矿井两极世界间的作家，但笔者一直认为，刘庆邦其实是一位理想主义者，只不过，他一直秉承着理想在"以生命为名的现实主义写作"的路径中砥砺前行。"一部文学作品能够赢得经典地位的原创性标志是某种陌生性，这种特性要么不可能完全被我们同化，要么有可能成为一种既定的习性而使我们熟视无睹。"❶ 刘庆邦小说带给中国当代文学的陌生感不是强烈的，但一定是持久的。"以生命为名的现实主义写作"是刘庆邦以小说创作激发和唤醒他人内在生命的一种方式。本书对刘庆邦小说创作由内而外的全面梳理，是用以摆脱"既定的习性而使我们熟视无睹"惯性的一种努力，是对刘庆邦小说创作的重新发现。

---

❶　［美］哈罗德·布鲁姆. 西方正典［M］. 江宁康，译. 南京：译林出版社，2011：3.

参考文献

一、著作

（一）刘庆邦作品

[1] 刘庆邦.神木 [M].北京：北京十月文艺出版社，2015.

[2] 刘庆邦.清汤面 [M].上海：上海文艺出版社，2015.

[3] 刘庆邦.红围巾 [M].济南：济南出版社，2017.

[4] 刘庆邦.黄泥地 [M].北京：北京十月文艺出版社，2014.

[5] 刘庆邦.黄花绣 [M].北京：作家出版社，2009.

[6] 刘庆邦.卧底 [M].成都：四川文艺出版社，2007.

[7] 刘庆邦.风中的竹林 [M].北京：求真出版社，2012.

[8] 刘庆邦.心疼初恋：刘庆邦小说选 [M].北京：京华出版社，1999.

[9] 刘庆邦.刘庆邦短篇小说编年卷（六）：手艺 [M].上海：上海文艺出版社，2018.

[10] 刘庆邦.刘庆邦短篇小说选（点评本）[M].北京：作家出版社，2012.

[11] 刘庆邦.在雨地里穿行 [M].天津：百花文艺出版社，2010.

[12] 刘庆邦.红煤 [M].北京：北京十月文艺出版社，2006.

[13] 刘庆邦.黑白男女 [M].上海：上海文艺出版社，2015.

[14] 刘庆邦.平原上的歌谣 [M].郑州：河南文艺出版社，2014.

［15］刘庆邦 . 遍地白花 ［M］. 北京：新世界出版社，2002.

［16］刘庆邦 . 断层 ［M］. 北京：中国文联出版公司，1986.

［17］刘庆邦 . 高高的河堤 ［M］. 石家庄：河北少年儿童出版社，1998.

［18］刘庆邦 . 落英 ［M］. 石家庄：花山文艺出版社，2000.

［19］刘庆邦 . 远方诗意 ［M］. 武汉：长江文艺出版社，2002.

［20］刘庆邦 . 遍地月光 ［M］. 北京：北京十月文艺出版社，2009.

［21］刘庆邦 . 走窑汉 ［M］. 北京：文化艺术出版社，1990.

［22］刘庆邦 . 刘庆邦小说自选集 ［M］. 郑州：河南文艺出版社，1998.

［23］刘庆邦 . 梅妞放羊 ［M］. 武汉：长江文艺出版社，2002.

［24］刘庆邦 . 不定嫁给谁 ［M］. 长春：时代文艺出版社，2002.

［25］刘庆邦 . 刘庆邦中短篇小说精选 ［M］. 石家庄：花山文艺出版社，2002.

［26］刘庆邦 . 胡辣汤 ［M］. 北京：北京十月文艺出版社，2003.

［27］刘庆邦 . 女儿家 ［M］. 北京：中国文联出版社，2003.

［28］刘庆邦 . 家园何在 ［M］. 上海：上海文艺出版社，2003.

［29］刘庆邦 . 响器 ［M］. 上海：上海文艺出版社，2003.

［30］刘庆邦 . 别再让我哭了 ［M］. 上海：上海文艺出版社，2003.

［31］刘庆邦 . 无望岁月 ［M］. 北京：中国工人出版社，2004.

［32］刘庆邦 . 到城里去 ［M］. 北京：中国广播电视出版社，2005.

［33］刘庆邦．刘庆邦短篇小说集·河南故事［M］．北京：昆仑出版社，2004.

［34］刘庆邦．刘庆邦小说［M］．北京：中国社会出版社，2006.

［35］刘庆邦．短篇小说之美［M］．北京：国际文化出版公司，2004.

［36］刘庆邦．从写恋爱信开始［M］．北京：国际文化出版公司，2004.

（二）国内著作

［1］许寿裳．我所认识的鲁迅［M］．北京：人民文学出版社，1961.

［2］阿英．晚清小说史［M］．北京：人民文学出版社，1980.

［3］鲁迅．鲁迅全集（十三卷）［M］．北京：人民文学出版社，1981.

［4］沈从文．沈从文散文选［M］．北京：人民文学出版社，1982.

［5］李泽厚．中国现代思想史论［M］．北京：东方出版社，1987.

［6］温儒敏．新文学现实主义的流变［M］．北京：北京大学出版社，1988.

［7］张蕾．写作心理学［M］．济南：明天出版社，1989.

［8］鲁枢元．超越语言［M］．北京：中国社会科学出版社，1990.

［9］茅盾．茅盾全集（19卷）［M］．北京：人民文学出版社，1991.

［10］朱晓进．历史转换期文化启示录：文化视角与鲁迅研究［M］．沈阳：辽宁教育出版社，1992.

[11] 王蒙．王蒙文集（第7卷）[M]．北京：华艺出版社，1993.

[12] 程文超．意义的诱惑 [M]．长春：时代文艺出版社，1993.

[13] 王晓明．人文精神寻思录 [M]．上海：文汇出版社，1996.

[14] 周辅成．西方伦理学名著选辑（上卷）[M]．北京：商务印书馆，1996.

[15] 朱晓进．鲁迅文学观综论 [M]．西安：陕西人民教育出版社，1996.

[16] 许纪霖．寻求意义——现代化变迁与批判 [M]．上海：上海三联书店，1997.

[17] 邓晓芒．冥河的摆渡者 [M]．昆明：云南人民出版社，1997.

[18] 沈卫威．胡适日记 [M]．太原：山西教育出版社，1997.

[19] 杨洪承．文学边缘的整合：文学与文化研究初探 [M]．深圳：海天出版社，1998.

[20] 胡适．胡适文集（第六卷）[M]．北京：人民文学出版社，1998.

[21] 王德威．想象中国的方法：历史·小说·叙事 [M]．北京：生活·读书·新知三联书店，1998.

[22] 沈卫威．茅盾：1896-1981 [M]．南京：江苏文艺出版社，1999.

[23] 汪晖．死火重温 [M]．北京：人民文学出版社，2000.

[24] 王彬彬．为批评正名 [M]．长春：时代文艺出版社，2000.

[25] 林存阳，刘中建．中国之伦理精神 [M]．成都：四川人民出版社，2000.

[26] 沈卫威．情僧苦行：吴宓传 [M]．北京：东方出版社，2000.

[27] 王彬彬. 文坛三户 [M]. 郑州：大象出版社, 2001.

[28] 林大中, 等. 九十年代文存 [M]. 北京：中国社会科学出版社, 2001.

[29] 葛晨虹. 人性论 [M]. 北京：中国青年出版社, 2001.

[30] 王彬彬. 城墙下的夜游者 [M]. 福州：福建人民出版社, 2001.

[31] 曹文轩. 小说门 [M]. 北京：作家出版社, 2002.

[32] 汪曾祺. 晚翠文谈新编 [M]. 北京：生活·读书·新知三联书店, 2002.

[33] 刘庆邦, 赛妮亚, 梁祝. 民间 [M]. 乌鲁木齐：新疆人民出版社, 2002.

[34] 胡大平. 崇高的暧昧 [M]. 南京：江苏人民出版社, 2002.

[35] 洪子诚. 问题与方法：中国当代文学史研究讲稿 [M]. 北京：生活·读书·新知三联书店, 2002.

[36] 张光芒. 中国近现代启蒙文学思潮论 [M]. 济南：山东文艺出版社, 2002.

[37] 黄发有. 准个体时代的写作：20 世纪 90 年代中国小说研究 [M]. 上海：上海三联出版社, 2002.

[38] 李宏图. 表象的叙述——新社会文化史 [M]. 上海：上海三联出版社, 2003.

[49] 王爱冬. 政治权力论 [M]. 保定：河北大学出版社, 2003.

[40] 林建法. 中国当代作家面面观 [M]. 沈阳：春风文艺出版社, 2003.

[41] 钱理群, 等. 中国现代文学三十年 [M]. 北京：北京大

学出版社，2003.

[42] 陈启能，倪为国．书写历史［M］．上海：上海三联书店，2003.

[43] 翟学伟．中国社会中的日常权威［M］．北京：社会科学文献出版社，2004.

[44] 朱晓进．非文学的世纪：20世纪中国文学与政治文化关系史论［M］．南京：南京师范大学出版社，2004.

[45] 陈骏涛．精神之旅——当代作家访谈录［M］．桂林：广西师范大学出版社，2004.

[46] 陈晓明．表意的焦虑［M］．北京：中央编译出版社，2004.

[47] 姜广平．经过与穿越——与当代著名作家对话［M］．桂林：广西师范大学出版社，2004.

[48] 董健，丁帆，王彬彬．中国当代文学史新稿（修订本）［M］．北京：人民文学出版社，2005.

[49] 曲春景，耿占春．叙事与价值［M］．上海：学林出版社，2005.

[50] 沈卫威．无地自由：胡适传［M］．合肥：安徽教育出版社，2005.

[51] 杨洪承．废墟上的精灵：前现代中国知识分子思想文化的理路（1898-1918）［M］．北京：人民出版社，2006.

[52] 北乔．刘庆邦的女儿国［M］．北京：社会科学文献出版社，2006.

[53] 张光芒．中国当代启蒙文学思潮论［M］．上海：上海三联书店，2006.

[54] 吴俊．遮蔽与发现［M］．上海：上海文艺出版社，2007.

［55］张光芒. 混沌的现代性［M］. 北京：人民文学出版社，2007.

［56］丁帆. 中国乡土小说史［M］. 北京：北京大学出版社，2007.

［57］洪子诚. 中国当代文学史［M］. 北京：北京大学出版社，2007.

［58］刘小枫. 诗化哲学［M］. 上海：华东师范大学出版社，2007.

［59］沈卫威. 大学之大［M］. 北京：人民文学出版社，2007.

［60］朱水涌. 叙事与对话［M］. 南京：南京大学出版社，2007.

［61］邓小平. 邓小平文选［M］. 北京：人民出版社，2008.

［62］贺仲明. 一种文学与一个阶层——中国新文学与农民关系研究［M］. 北京：人民出版社，2008.

［63］雷达. 近三十年中国文学思潮［M］. 兰州：兰州大学出版社，2009.

［64］赵静蓉. 怀旧——永恒的文化乡愁［M］. 北京：商务印书馆，2009.

［65］陈晓明. 审美的激变［M］. 北京：作家出版社，2009.

［66］陈晓明. 中国当代文学主潮［M］. 北京：北京大学出版社，2009.

［67］丁帆. 文化批判的审美价值坐标［M］. 北京：北京师范大学出版社，2009.

［68］黄发有. 想象的代价［M］. 北京：人民文学出版社，2009.

［69］南帆. 文学的维度［M］. 北京：中国人民大学出版社，2009.

［70］曲春景. 艺术主体与表达［M］. 上海：学林出版社，2010.

［71］李晓虹 .2010 年中国散文年选［M］. 广州：花城出版

社，2011.

[72] 余华. 文学：想象、记忆与经验 [M]. 上海：复旦大学出版社，2011.

[73] 王安忆. 故事和讲故事 [M]. 上海：复旦大学出版社，2011.

[74] 韦政通. 人文主义的力量 [M]. 北京：中华书局，2011.

[75] 杜昆. 刘庆邦研究 [M]. 郑州：河南大学出版社，2015.

（三）国外著作

[1] [德] 斯宾格勒. 西方的没落：世界历史的透视 [M]. 齐世荣，田农，等译. 北京：商务印书馆，1963.

[2] [德] 黑格尔. 美学 [M]. 朱光潜，译. 北京：商务印书馆，1979.

[3] [荷兰] 斯宾诺莎. 伦理学 [M]. 贺麟，译. 北京：商务印书馆，1983.

[4] [瑞士] 皮亚杰. 结构主义 [M]. 倪连生，王琳，译. 北京：商务印书馆，1984.

[5] [德] 恩斯特·卡西尔. 人论 [M]. 甘阳，译. 上海：上海译文出版社，1985.

[6] [美] 乔治·萨拜因. 政治学说史：上册 [M]. 盛葵阳，译. 北京：商务印书馆，1986.

[7] [匈] 阿诺德·豪泽尔. 艺术社会学 [M]. 居延安，译. 上海：学林出版社，1987.

[8] [英] 特雷·伊格尔顿. 二十世纪西方文学理论 [M]. 伍晓明，译. 西安：陕西师范大学出版社，1987.

[9] [日] 今道友信. 存在主义美学 [M]. 崔相录，王生平，

译．沈阳：辽宁人民出版社，1987.

[10] ［法］让-保罗·萨特．存在与虚无 ［M］.陈宣良，译.
北京：生活·读书·新知三联书店，1987.

[11] ［美］马斯洛．动机与人格 ［M］.许金声，等译.北京：
华夏出版社，1987.

[12] ［美］韦恩·布斯．小说修辞学 ［M］.付礼军，译.南
宁：广西人民出版社，1987.

[13] ［奥地利］西格蒙德·弗罗伊德．文明及其缺憾 ［M］傅
雅芳，等译.合肥：安徽文艺出版社，1987.

[14] ［苏联］巴赫金．陀思妥耶夫斯基诗学问题 ［M］.白春
仁，顾亚铃，译.北京：生活·读书·新知三联书
店，1988.

[15] ［美］加尔布雷思．权力的分析 ［M］.陶远华，译.石家
庄：河北人民出版社，1988.

[16] ［俄］维克多·什克洛夫斯基．俄国形式主义文论选
［M］.方珊，等译.北京：生活·读书·新知三联书
店，1989.

[17] ［英］珀西·卢伯克．小说美学经典三种 ［M］.方土人，
译.上海：上海文艺出版社，1990.

[18] ［美］华莱士·马丁．当代叙事学 ［M］.伍晓明，译.北
京：北京大学出版社，1990.

[19] ［美］艾布·拉姆斯．欧美文学术语词典 ［M］.朱金鹏，
朱荔，译.北京：北京大学出版社，1990.

[20] ［美］阿尔文·托夫勒．权力的转移 ［M］.刘红，译.北
京：中共中央党校出版社，1991.

[21] ［英］罗素．权力论 ［M］.吴友三，译.北京：商务印书

馆，1991.

[22]［美］伊恩·P.瓦特.小说的兴起［M］.高原，董红钧，译.北京：生活·读书·新知三联书店，1992.

[23]［英］阿瑟·波拉德.论讽刺［M］.谢谦，译.北京：昆仑出版社，1992.

[24]［法］菲利普·汤姆森.论怪诞［M］.孙乃修，译.北京：昆仑出版社，1992.

[25]［捷］米兰·昆德拉.小说的艺术［M］.董强，译.上海：上海译文出版社，2004.

[26]［美］威廉·巴雷特.非理性的人——存在主义哲学研究［M］.杨照明，艾平，译.北京：商务印书馆，1995.

[27]［美］奥尔多·利奥波德.沙乡年鉴［M］.侯文蕙，译.长春：吉林人民出版社，1997.

[28]［美］詹明信.晚期资本主义的文化逻辑［M］.陈清侨，译.北京：生活·读书·新知三联书店，1997.

[29]［苏联］巴赫金.小说理论［M］.白春仁，晓河，译.石家庄：河北教育出版社，1998.

[30]［法］让-保罗·萨特.辩证理性批判［M］.林骧华，等译.合肥：安徽文艺出版社，1998.

[31]［法］米歇尔·福柯.福柯集［M］.杜小真，译.上海：上海远东出版社，1998.

[32]［美］亚瑟·史密斯.中国人的性格［M］.乐爱国，张华玉，译.北京：学苑出版社，1998.

[33]［法］罗杰·加洛蒂.论无边的现实主义［M］.吴岳添，译.天津：百花文艺出版社，1998.

[34]［德］海德格尔.人，诗意地安居：海德格尔语要［M］.

郜元宝，译．桂林：广西师范大学出版社，2000．

[35] ［法］罗兰·巴特．S/Z［M］．屠友祥，译．上海：上海人民出版社，2000．

[36] ［法］米歇尔·福柯．性经验史［M］．余碧平，译．上海：上海人民出版社，2000．

[37] ［波兰］弗洛里安·兹纳·涅茨基．知识人的社会角色［M］．郏斌祥，译．南京：译林出版社，2000．

[38] ［法］让-弗朗索瓦·利奥塔．后现代道德［M］莫伟民，译．上海：学林出版社，2000．

[39] ［法］雅克·里纳尔．小说的政治阅读［M］．杨令飞，吴延晖，译．长沙：湖南文艺出版社，2000．

[40] ［法］雅克·德里达．书写与差异［M］．张宁，译．北京：生活·读书·新知三联书店，2001．

[41] ［美］丹尼斯·朗．权力论［M］．陆震纶，郑明哲，译．北京：中国社会科学出版社，2001．

[42] ［美］理查德·沃林．文化批评的观念［M］．张国清，译．北京：商务印书馆，2001．

[43] ［美］J.希利斯·米勒．解读叙事［M］．申丹，译．北京：北京大学出版社，2002．

[44] ［法］蒂费纳·萨莫瓦约．互文性研究［M］．邵炜，译．天津：天津人民出版社，2003．

[45] ［美］海登·怀特．后现代历史叙事学［M］．陈永国，张万，等译．北京：中国社会科学出版社，2003．

[46] ［法］米歇尔·福柯．知识考古学［M］．谢强，马月，译．北京：生活·读书·新知三联书店，2003．

[47] ［美］理查德·罗蒂．偶然、反讽与团结［M］．徐文瑞，

译．北京：商务印书馆，2003.

[48] [俄] 维谢洛夫斯基．历史诗学 [M].刘宁，译．天津：
百花文艺出版社，2003.

[49] [法] 卢梭．社会契约论 [M].何兆武，译．北京：商务
印书馆，2003.

[50] [美] 约翰·凯克斯．为保守主义辩护 [M].应奇，葛水
林，译．南京：江苏人民出版社，2003.

[51] [英] 齐格蒙特·鲍曼．后现代伦理学 [M].张成岗，
译．南京：江苏人民出版社，2003.

[52] [美] 爱德华·W.苏贾．后现代地理学——重申批评社
会理论中的空间 [M].王文斌，译．北京：商务印书
馆，2004.

[53] [英] 拉曼·塞尔登，彼德·魏德森，彼德·布鲁克．当
代文学理论导读 [M].刘象愚，译．北京：北京大学出
版社，2006.

[54] [德] 叔本华．爱与生的苦恼 [M].金铃，译．北京：光
明日报出版社，2006.

[55] [美] 约翰·杜威．人的问题 [M].傅统先，邱椿，译．
南京：江苏教育出版社，2006.

[56] [美] 约翰·克罗·兰色姆．新批评 [M].王腊宝，张
哲，译．南京：江苏教育出版社，2006.

[57] [波兰] 埃娃·多曼斯卡．邂逅：后现代主义之后的历史
哲学 [M].彭刚，译．北京：北京大学出版社，2007.

[58] [西班牙] 奥尔特加·加塞特．大众的反叛 [M].刘训
练，译．长春：吉林人民出版社，2007.

[59] [加] 菲利普·汉森．汉娜·阿伦特——历史、政治与公民

身份［M］. 刘佳林, 译. 南京: 江苏人民出版社, 2007.

［60］［美］希利斯·米勒. 小说与重复［M］. 王宏图, 译. 天津: 天津人民出版社, 2008.

［61］［美］E.M. 福斯特. 小说面面观［M］. 冯涛, 译. 北京: 人民文学出版社, 2009.

［62］［英］吴尔夫. 普通读者［M］. 北京: 人民文学出版社, 2003.

［63］包亚明. 权力的眼睛: 福柯访谈录［M］. 严锋, 译. 上海: 上海人民出版社, 1997.

二、期刊论文

［1］叶圣陶. 诚实的自己的话［J］. 小说月报, 1924 (1).

［2］何直. 现实主义——广阔的道路——对于现实主义的再认识［J］. 人民文学, 1956 (9).

［3］谢望新.《将军吟》的再认识［J］. 当代作家评论, 1984 (5).

［4］缪俊杰. 改革题材创作的深化——《燕赵悲歌》与《新星》比较谈［J］. 小说评论, 1985 (1).

［5］雷达. 民族心史的一块厚重碑石——论《古船》［J］. 当代, 1987 (5).

［6］张颐武. 话语 记忆 叙事——读刘庆邦的小说［J］. 当代作家评论, 1990 (5).

［7］翟墨. 向心灵的暗井掘进——我读刘庆邦的小说［J］. 当

代作家评论，1990 (5).

[8] ［法］雅·奥蒙，肖模译. 视点 [J]. 世界电影，1992 (3).

[9] 罗强烈.《走窑汉》《汉爷》：刘庆邦的方式 [J]. 文艺争鸣，1992 (6).

[10] 雷达. 季风与地火——刘庆邦小说面面观 [J]. 文学评论，1992 (6).

[11] 何志云. 从生存状态到艺术情境——刘庆邦小论 [J]. 文艺争鸣，1992 (6).

[12] 刘庆邦. 关于女孩子 [J]. 作家，1993 (2).

[13] 谢冕. 论中国当代文学 [J]. 文学评论，1993 (2).

[14] 孙玉石. 郭沫若浪漫主义新诗本体观探论 [J]. 北京大学学报，1993 (4).

[15] 谢冕. 论中国当代文学 [J]. 文学评论，1996 (2).

[16] 刘庆邦. 草帽 [J]. 中国作家，1999 (1).

[17] 李国文.《当代》的当代性 [J]. 当代，1999 (3).

[18] 刘庆邦，夏榆. 得地独厚的刘庆邦 [J]. 作家，2000 (11).

[19] 李万武. 对人性动把恻隐心——读刘庆邦、孙春平、迟子建的"证美"小说 [J]. 文艺理论与批评，2001 (1).

[20] 刘庆邦. 从写恋爱信开始 [J]. 作家，2001 (1).

[21] 李新宇. 迷失的代价（下）——20 世纪中国文艺大众化运动再思考 [J]. 文艺争鸣，2001 (2).

[22] 林斤澜. 吹响自己的唢呐（评论）[J]. 北京文学，2001 (7).

[23] 周水涛. 城市进逼下的乡村——90 年代农村小说的文化思考 [J]. 小说评论，2002 (5).

[24] 刘庆邦. 超越现实 [J]. 长城，2003 (1).

[25] 阎连科，梁鸿. "中原突破"的陷阱——阎连科、梁鸿对

话录 [J]. 小说评论, 2003 (1).

[26] 娄奕娟. 刘庆邦: 守持与转变 [J]. 当代文坛, 2003 (2).

[27] 陈思和. 读春风文艺版《二十一世纪中国文学大系 (2002)》感言 [J]. 当代作家评论, 2003 (2).

[28] 刘庆邦. 凭良心 [J]. 小说界, 2003 (2).

[29] 彭文忠. 迷失: 社会转型期中国文学的人文关怀 [J]. 当代文坛, 2003 (3).

[30] 陈思和. 在柔美与酷烈之外——刘庆邦短篇小说艺术谈 [J]. 上海文学, 2003 (12).

[31] 梁鸿. 所谓"中原突破"——当代河南作家批判分析 [J]. 文艺争鸣, 2004 (2).

[32] 刘庆邦. 献给母亲 [J]. 当代 (长篇小说选刊), 2004 (4).

[33] 孟繁华. 这个时代的隐痛——2004 年季评 [J]. 中国当代文学研究, 2004 (4).

[34] 孙郁. 刘庆邦: 在温情与冷意之间 [J]. 北京观察, 2004 (5).

[35] 朱旭晨. 刘庆邦中长篇小说中的自叙性分析 [J]. 文艺争鸣, 2005 (2).

[36] 雷达. 方南江《中国近卫军》刘庆邦《平原上的歌谣》 [J]. 小说评论, 2005 (2).

[37] 刘晓南. 地火深处的泪光——刘庆邦近作评析 [J]. 文艺理论与批评, 2005 (3).

[38] 吕政轩. 民间世界的诗意抒写——刘庆邦乡村系列小说阅读笔记 [J]. 小说评论, 2005 (3).

[39] 焦会生. 刘庆邦小说论 [J]. 当代文坛, 2005 (4).

[40] 关峰. 刘庆邦小说论 [J]. 当代文坛, 2005 (5).

[41] 翟苏民. 素朴生发出的诗美——刘庆邦短篇小说简论

[J]. 小说评论, 2005 (5).

[42] 吴建华, 孙明岗. 刘庆邦小说中的农民 [J]. 理论与创作, 2005 (6).

[43] 刘庆邦. 贴着人物写 [J]. 美文, 2005 (10).

[44] 段崇轩. 消沉中的坚守与新变——1989 年以来的短篇小说 [J]. 文学评论, 2006 (1).

[45] 方学武. 刘庆邦小说的语言特色 [J]. 郑州经济管理干部学院学报, 2006 (2).

[46] 王海涛. 在生活的底层掘进——评刘庆邦长篇新作《红煤》[J]. 当代文坛, 2006 (4).

[47] 龙迪勇. 叙事学研究的空间转向 [J]. 人大复印资料·文艺理论, 2007 (2).

[48] 兰宇. 刘庆邦小说中的女性生命书写 [J]. 小说评论, 2007 (1).

[49] 余志平. 刘庆邦与沈从文小说心理描写之比较 [J]. 株洲师范高等专科学校学报, 2007 (3).

[50] 余志平. 从小说结构看沈从文对刘庆邦小说的影响 [J]. 当代文坛, 2007 (3).

[51] 郭怀玉. 论刘庆邦笔下的"失贞"女性 [J]. 当代文坛, 2007 (4).

[52] 余志平. 论刘庆邦小说语言的俗与雅 [J]. 文艺理论与批评, 2007 (4).

[53] 苏淮. 文学创作中的生命意识 [J]. 牡丹江师范学院学报, 2007 (5).

[54] 孟繁华. "到城里去"和"底层写作" [J]. 文艺争鸣, 2007 (6).

［55］徐德明．"乡下人进城"叙事与"城乡意识形态"［J］．文艺争鸣，2007（6）．

［56］洪治纲．底层写作与苦难焦虑症［J］．文艺争鸣，2007（10）．

［57］余志平．生命意识的追寻与表现——刘庆邦小说创作论［J］．小说评论，2008（5）．

［58］赵玉芬．文学豫军崛起原因及文化背景分析［J］．作家，2008（8）．

［59］刘庆邦．哪儿美往哪儿走（创作谈）［J］山花，2008（10）．

［60］刘庆邦．短篇小说的力量［J］．北京文学（精彩阅读），2008（11）．

［61］李新．以《神木》为例谈刘庆邦小说的艺术特征［J］．文艺理论与批评，2009（1）．

［62］余志平．刘庆邦小说创作的意义［J］．文艺理论与批评，2009（2）．

［63］杨建兵，刘庆邦．"我的创作是诚实的风格"——刘庆邦访谈录［J］．小说评论，2009（3）．

［64］陈英群．论刘庆邦小说中的民俗系列［J］．文艺理论与批评，2009（3）．

［65］刘为忠．《神木》：人物符号修辞化与修辞幻象［J］．长春大学学报，2009（3）．

［66］李琦．论"乡恋"心态与近年来的乡土小说创作［J］．当代文坛，2009（4）．

［67］张学昕．残酷的诗意——刘庆邦短篇小说论［J］．山花，2009（7）．

［68］栾梅健．重论中国现代文学中现实主义的起源及其特征——从近、现代社会与文化的转型出发［J］．南京社会

科学，2010（1）.

[69] 任动. 刘庆邦乡土短篇小说论 [J]. 文艺理论与批评，2010（2）.

[70] 平原. "底层写作"的性别冲突与和谐 [J]. 小说评论，2010（3）.

[71] 朱刘霞. "女性的天空是如此低矮"——论刘庆邦小说中的女性形象 [J]. 文艺理论与批评，2010（6）.

[72] 李云雷. 新世纪文学中的"底层文学"论纲 [J]. 文艺争鸣，2010（6）.

[73] 张凤梅. 社会视角中的文本解读——评刘庆邦新作《红煤》[J]. 作家，2010（16）.

[74] 张翼. 刘庆邦情爱叙事解读——兼及新文学乡土叙事话语反思 [J]. 当代文坛，2011（4）.

[75] 王安忆. 喧哗与静默 [J]. 当代作家评论，2011（4）.

[76] 任动. 刘庆邦与邵丽小说的互文性 [J]. 中州大学学报，2011（5）.

[77] 陈富志. 眷恋与回望——论刘庆邦小说的自传色彩 [J]. 铜仁学院学报，2011（5）.

[78] 孙春旻. 刘庆邦的性事书写 [J]. 当代文坛，2011（5）.

[79] 段崇轩. 写实与诗化的双重变奏——刘庆邦短篇小说论 [J]. 中国作家，2011（13）.

[80] 张晓琴. 论新世纪小说的文化建构意义 [J]. 小说评论，2012（4）.

[81] 王彬彬. 《遍地月光》与长篇小说的语言问题 [J]. 文学评论，2012（5）.

[82] 孙拥军. 坚守与执著：刘庆邦小说创作的乡土取向 [J].

文艺理论与批评，2012（6）.

[83] 刘庆邦，高方方 . 在现实故事的尽头开始书写——对话刘庆邦［J］. 百家评论，2013（2）.

[84] 孟繁华 . 都市深处的冷漠与荒寒——评刘庆邦的短篇小说《骗骗她就得了》［J］. 北京文学，2013（3）.

[85] 邹贤尧 . 空间叙事与小说地理［J］. 野草，2013（3）.

[86] 葛美英 . 论刘庆邦小说中的乡土少女形象［J］. 创作与评论，2013（14）.

[87] 王海涛 . 当代乡土文明的批判力作——评刘庆邦长篇新作《黄泥地》［J］. 文艺理论与批评，2015（1）.

[88] 史修永 . 刘庆邦的煤矿小说及其批评范式的发展［J］. 齐鲁学刊，2015（4）.

[89] 刘庆邦 . 刘庆邦作品在国外［J］. 作家，2015（13）.

[90] 舒晋瑜，刘庆邦 . 刘庆邦：英雄几乎都和悲剧结伴［J］. 雨花，2015（18）.

[91] 陈思和 . 面对现实农村巨变的痛苦思考——论关仁山的创作兼论一种新现实主义文学的诞生［J］. 中国文学批评，2016（1）.

[92] 杜昆 . 论刘庆邦"保姆在北京"系列小说的价值与局限［J］. 小说评论，2016（4）.

[93] 刘志刚 . 从《黑白男女》看刘庆邦"煤矿文学"的新变［J］. 小说评论，2016（4）.

[94] 张学昕 . "残酷美学"：小说家的道德考量——刘庆邦的短篇小说［J］. 长城，2018（3）.

三、报纸

[1] 薛说．评长篇小说《将军吟》 [N]．人民日报，1980－10－29．

[2] 祝小惠．写小说，是一种回忆的状态 [N]．中国社会报，2004－01－22．

[3] 赛妮亚．短篇小说之王刘庆邦 [N]．中华合作时报，2004－07－15．

[4] 徐坤．刘庆邦的眯眯笑与文学与酒的关系 [N]．中华读书报，2005－02－16．

[5] 程爱侠．工人作家创作为何难有新突破？ [N]．工人日报，2005－05－28．

[6] 木弓．刘庆邦中篇小说《卧底》及其他老派故事有力度 [N]．文艺报，2005－06－21．

[7] 王德颂．为了人类诗意的栖息 [N]．深圳特区报，2006－02－22．

[8] 白烨．来自煤层深处的呼唤 [N]．文艺报，2006－02－28．

[9] 王翠艳．刘庆邦：因为懂得，所以忧患 [N]．中国图书商报，2006－03－03．

[10] 刘效仁．文学富矿在哪里 [N]．安徽日报，2006－03－31．

[11] 孙小美．刘庆邦与煤的缘分没完没了 [N]．中国邮政报，2006－08－05．

[12] 沈苇. 尴尬的地域性 [N]. 文学报, 2007-03-15.

[13] 刘洋. 刘庆邦：作家要有责任心 [N]. 河南日报, 2007-05-16.

[14] 李硕. 刘庆邦：为民族保留一份记忆 [N]. 周口日报, 2007-05-16.

[15] 武翩翩. 刘庆邦作品：在不同视角下的解读 [N]. 文艺报, 2007-05-17.

[16] 刘庆邦. 送您一片月光 [N]. 文艺报, 2009-11-17.

[17] 刘庆邦. 《皮球》简单与含混应有所平衡 [N]. 文艺报, 2010-07-19.

[18] 刘庆邦. 写作有天赋 [N]. 文艺报, 2010-08-02.

[19] 刘庆邦. 刘恒：追求完美, 永无止境 [N]. 光明日报, 2010-08-13.

[20] 刘庆邦. 故乡是我的根 [N]. 西安日报, 2010-11-25.

[21] 刘庆邦. 积文如积德 [N]. 中国艺术报, 2011-02-14.

[22] 刘庆邦. 从摆脱到升华 [N]. 文艺报, 2011-04-04.

[23] 刘庆邦. 重在立人 [N]. 北京日报, 2012-03-08.

[24] 刘庆邦. 小说创作的实与虚 [N]. 人民政协报, 2012-09-10.

[25] 舒晋瑜. 刘庆邦：不爱网络文学, 反对长篇崇拜 [N]. 中华读书报, 2012-09-19.

[26] 苏墨. 刘庆邦：作家生来就是还泪的 [N]. 工人日报, 2012-12-10.

[27] 翟业军. 刘庆邦创作局限论 [N]. 文学报, 2013-01-24.

[28] 刘庆邦. 完善自我 [N]. 中华读书报, 2013-07-31.

[29] 刘庆邦. 我家的风箱 [N]. 文汇报, 2014-05-22.

[30] 刘庆邦. 进入城市内部 [N]. 北京日报，2014-10-16.

[31] 张江，刘庆邦，张未民，等. 中国精神是文艺之魂 [N]. 人民日报，2015-01-16.

[32] 刘庆邦. 不写干什么呢 [N]. 光明日报，2015-01-26.

[33] 刘庆邦. 贴近人物的心灵 [N]. 文艺报，2015-06-08.

[34] 刘庆邦. 外在生活与内在生活 [N]. 文艺报，2015-12-16.

[35] 刘庆邦. 我会像深挖矿井一样继续写煤矿题材小说 [N]. 晶报，2015-12-25.

[36] 徐虹. 他们和她们，存在于隐性和显性的世界 [N]. 中国艺术报，2016-01-08.

[37] 路艳霞. 一批文学精品沉甸甸诞生 [N]. 北京日报，2016-11-07.

[38] 老九. 在心灵深处掘进 [N]. 文艺报，2016-11-18.

[39] 黄树芳. 刘庆邦的《黑白男女》与我记忆中的矿难遗属 [N]. 朔州日报，2017-04-22.

[40] 何晶，刘庆邦：我始终关注普通民众的生存状态 [N]. 文学报，2017-05-18.

[41] 戴松英. 在平凡叙事中感悟人间真情 [N]. 河北日报，2018-03-16.

[42] 刘军.《我就是我母亲》：简笔叙事下的昭昭明月 [N]. 中国艺术报，2018-04-16.

[43] 王光东. 新世纪乡土小说城乡关系新表达 [N]. 中国社会科学报，2018-09-10.

四、学位论文

[1] 李新．新世纪文学中的底层叙事［D］．长春：东北师范大学，2009.

[2] 韩文淑．新世纪中国乡村叙事研究［D］．长春：吉林大学，2009.

[3] 李勇．论1990年以来的乡村小说叙事［D］．武汉：武汉大学，2010.

[4] 生琳．向现实主义艺术真实论的历史告别［D］．长春：吉林大学，2010.

[5] 王华．新世纪乡村小说主题研究［D］．武汉：华中师范大学，2011.

[6] 赵丽妍．新世纪乡土小说研究［D］．长春：吉林大学，2012.

[7] 解葳．新世纪中国现实主义小说研究［D］．济南：山东师范大学，2015.

[8] 武兆雨．《当代》（1979-2014）的现实主义文学建构与生产机制［D］．长春：东北师范大学，2016.

[9] 盛翠菊．百年"乡下人进城"小说叙事研究［D］．扬州：扬州大学，2017.

后　　记

　　我一直喜欢白居易"流水光阴急"中的意境和情怀。此时，回首《刘庆邦小说创作论》的完成，不禁心有戚戚焉。八年前的秋初，我终于得以攻读中国现当代文学专业博士学位。对于我而言，这是长久梦想的达成；更是一段新的发现之旅。八年之后，我写下这段文字，仍然感谢当时的选择，使自己得以在如流水一般逝去的岁月中贴近文学，感受文字之美给予我的温暖与欢乐。经过博士阶段的学习，我愈加对文学充满了感激之情，毕竟，"我们身边的许多事物，在向我们要求新的发现"，而文学正是这样一种途径，让我们得以"发现许多物体的灵魂，见到许多物体的姿态"。感激文学这一世间难能的存在，使我能够更加真切地感知、触碰并识见世间这如斯的值得与无限的美好！能够以专业学习的方式亲近文学，是我的荣幸。

　　刘庆邦先生一直是我尊崇而钟爱的作家。我曾因他笔下的守明而心疼，曾因他笔下的马海州而愤慨，也曾因他笔下的"黑白男女"而释然……我也经常将刘庆邦先生的文字和故事分享给我的学生：我曾在"剧本创作"课上用他的《燕子》展现人心的细致与温暖；也曾在"从小说到电影"课上以《神木》为例讲述文学向电影转向时的"增""删""改""减"……因而，选择"刘庆邦小说创作"进行研究时，我的内心是忐忑的：我既忧虑自己的能力，又担心自己的偏爱。刘庆邦先生曾说过"我们的小说总是要找到自己，写出最深切的生命体验"。这句话给予了我勇气，也启发了我的研究。一直以来，刘庆邦先生写现实、表情感、展人性，在"以生命为名的现实主义写作"的路径中砥砺前行。借助本书，我尝试对"刘庆邦小说创作"进行新的发现。

　　感谢我的博士生导师张学昕教授。没有导师的鼓励和信任，就不会有现今的书稿。张老师对我说过："一部作家论，必须找到契合这个作家文本和写作整体风貌的角度和立论方向，否则只能是皮毛，只能是信息堆砌。整体布局需要仔细考虑，论述要有内在的灵魂来牵引、推进和把握结构。要保持良好的写作状态，夯实扎实的基础，具备对文本极好的感受力，训练出到位的论述方法。期待！"

感谢我的硕士生导师王海洲教授。多年来，王老师一直关注我的学术研究，给予我莫大的鼓励和支持。

博士毕业的时候，我选择了一句非学术的话语结束了我的答辩。那就是"择善固执，梦想远方"。在即将结束本书写作之时，种种感慨，再度浮现。而我将依旧固执，一直前行！